岩雪詩話

也若語絮因風起

陳文岩、秦嶺雪

序：共樹分條 詩話別裁

胡西林

兩個多月前，文岩兄給我寄來他與秦嶺雪先生合著的《夜半無人詩語時》，書甚雅。三十二開窄豎排本，硬面精裝，令我歡喜。信手翻閱，乃同題詩文。詩為文岩絕句，文則秦嶺雪隨筆。所言者歷代書家，計四十二位。文岩兄我了解，學富才高，為詩敏捷，信手拈句，出語精警，輕鬆如與人話語。秦嶺雪先生的文章我是初讀，然其博雅的學識和舉重若輕的敍述顯然厚積薄發，讀來膾炙人口，令我嘆服。於是好奇，如此強強聯合何人促成，或謂誰之主意？詢之文岩兄，答曰：新冠和微信。新冠遠社交，讓人賦閒，微信近人情，借機發揮。如此掩門推窗，夜半詩語，樂在茲焉。至於主題，起初並不明確，亦未定數，文岩兄詩詠（評）書家，秦嶺雪輔文詮之。文岩兄詠至何人，秦嶺雪詮至何人。一而再，再而三，至四十二戛然而止，遂成此書。

緣於新冠，成於微信，如此著書不可謂不妙。

就在我收到《夜半無人詩語時》不數日，文岩兄發來微信，告知我他與秦嶺雪先生的第二本合著已着手進行，並以二人名字末字取書名曰《岩雪詩話》（秦嶺雪為筆名，原名李大洲）。此次所言歷代詩人，依前例仍以四十二為數。不同者，各詩之後均輔以文岩行草書法，以臻圖文並茂。並邀我為序，令我喜而惶恐。

數日後第一批《岩雪詩話》就發來了。

又數日，第二批、第三批……先後分九批紛至沓來，時間不過月餘。兩位出手之快，讓我瞠目結舌。

其實人人可詩，所不同者，才情而已。才情者，靈性也，得才情加持，為詩輕鬆，出句放彩。去年夏天文岩兄曾有一詩微信於我，也是絕句，詠其本人，詩云：筆底何曾着意耕，杏林嘯傲一書生，能將鬱氣毫端解，豈在規行點豎橫。二十八個字，把自己都寫進去了，他寫得輕鬆，我讀來酣暢，其中會心處，便是才情與得意。而自謂作書不規行於點、豎、橫的這位杏林書生，作起草書來縱橫瀟灑。哪裏是不規行點豎橫？分明是濡毫解鬱，借筆抒懷，筆端所出，即興吟詠也！我曾笑謂：當今書壇善吟者無出文岩，而詩家善書者，文岩亦翹拇指！

舉一例。

文岩兄福建晉江人氏，二〇一七年九月，福州宗陶齋在三坊七巷為其舉辦書法個展，文岩兄邀我前往。開幕式上，主辦方拿出準備好的十餘米長卷請陳文岩賦詩揮毫。因為條件所限，現場沒有相應桌案可用來鋪紙。於是文岩兄請六位工作人員抬紙，他則提臂作懸空書。懸空書古已有之，晚明王鐸即有懸空書佳作傳世；當代書畫名家中，董壽平也擅此道。二十分鐘後，即興吟詠的百數十言長詩書就，恢弘而大氣。出席開幕式的福建省書協、美協領導、書畫家嘆為奇人奇事，無不嘖嘖稱讚。

秦嶺雪先生以清俊之筆詮詩，內容從文岩所詠延伸，時出機杼，妙語連珠，並不盡囿前人條框。二人談笑風生，神契心通，讀來令人如沐春風。猶未盡興，文岩遷想妙得，藉前言各以一字概括諸位詩人特色，如印戳記，令人莞爾。

至於《夜半無人詩語時》與《岩雪詩話》，雖為姐妹作，卻一為書話，一為詩話，其間跨度可見文岩兄與秦嶺雪先生博雅文懷。而所謂詩話，本為中國古代詩歌理論及批評所特有的一種形式。二位之可貴，不僅在學識才情，更在於不矜持身段，無作高深，平語近人。如何評說？八閩才子，文壇佳話！

二〇二一年七月二十日於湖上真乃居

前言

陳文岩

辛丑歲初，因避疫宅家與大洲兄於微信談論歷代書家偶成的《夜半無人詩語時》一書面世，頗獲同道好評。大洲兄提出再以相同模式談談歷代詩詞家，一時興起，即依囑成四十二絕句，大洲兄補之以文，以作《詩語》一書之續也。

中華詩詞，浩如煙海，可談的人實在太多。我學識淺薄，讀書不多，但自幼酷愛中國古典詩詞，初中即自學寫。主張律嚴韻寬，去陳腔，避僻典，不作無病之吟。本書只擇從魏晉到近代個人較為熟悉者來寫，甚至有個別不被一般人視為詩人者。歷代詩話作者不少，但多長篇闊論，令人卻步。用二十八字概括一個詩人幾屬不可為，只能從本人偏好和認知着筆，莫以詩論視之。書名：岩雪詩話，或以為不妥切，因為有部份實為詞也。然詞者，詩餘也，以「詩話」概括之亦無不可。況且此書非學術專著，只是兩個愛詩的人閒聊而已。亦可謂：皚皚巉岩雪，淙淙澗水鳴。且從詩話裏，共探水源聲，識者鑑之。

詩成後忽發奇想，日本人有以年度漢字概括來年運程，我何不也試用一字標出詩人之特色。以窺虎之一紋，豹之一斑？於是有：曹操「沉」，曹植「華」，陶淵明「閒」，謝靈運「秀」，孟浩然「淡」，王維「空」，李白「暢」，岑參「曠」，杜甫「工」，孟郊「簡」，李賀「詭」，柳宗元「潔」，韓愈「澀」，元稹「平」，劉禹錫「雋」，賈島「滯」，白居易「白」，杜牧「清」，李商隱「濃」，李後主「怨」，范仲淹「耿」，晏殊「雅」，柳永「纏」，蘇軾「豁」，黃庭堅「拗」，秦觀「敦」，周邦彥「琢」，李清照「奇」，岳飛「憤」，陸游「醇」，范成大「素」，楊萬里「新」，辛棄疾「放」，姜夔「逸」，納蘭容若「親」，袁枚「麗」，龔自珍「雜」，黃遵憲「直」，魯迅「壯」，蘇曼殊「啼」，郁達夫「癡」，啓功「趣」。

書名小題：也若語絮因風起，藉謝道蘊名句「未若柳絮因風起」而已。語絮者，蓋本書乃詩語之續；風者，亦流疫也。本書大洲兄用功至深，每談一人常逾千字，我豈能以二十八字敷衍？故用草書作每章開篇插圖稍為補怠也。

目錄

【1】詠曹操◆

陳文岩

老驥伏櫪[1]本梟雄，橫槊賦詩霸者風[2]，
對酒當歌[3]誰若此，建安七子學無從。

◆秦嶺雪：

曹孟德，《三國演義》中是漢賊，是奸雄，而幾百年來在中國戲曲舞台上又被抹成大白臉。一個華容道上狼狽逃竄的失敗者，甚至是一個好色之徒。

1 曹操《步出夏門行》之《龜雖壽》：老驥伏櫪，志在千里。烈士暮年，壯心不已。
2 蘇軾《前赤壁賦》：釃酒臨江，橫槊賦詩。
3 曹操《短歌行》：對酒當歌，人生幾何？譬如朝露，去日苦多。

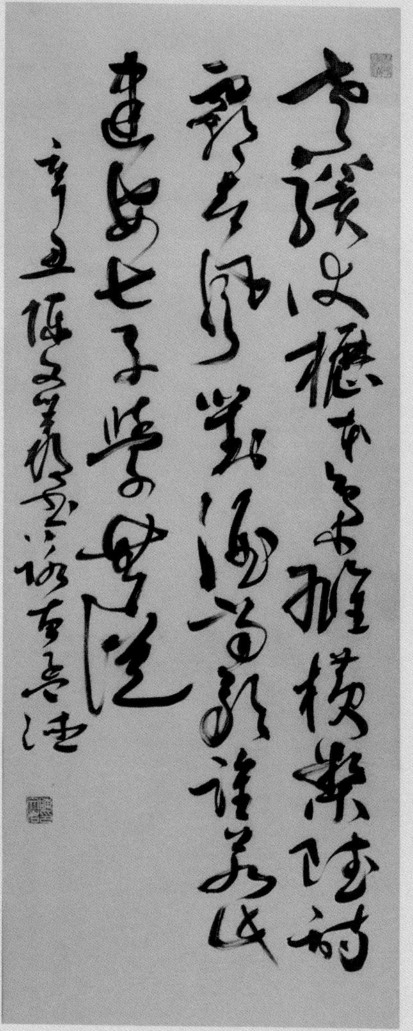

但讀曹操的文章，你會覺得這位奸雄竟是一個偉丈夫。他說：「設使國家無有孤，不知當幾人稱帝，幾人稱王？」並直截了當表示為自身和社稷禍福計，不會交出兵權。幾千年的封建史，有哪位統治者不偽飾，不以金玉之言包藏獨裁之心？他的《軍譙令》說：「為天下除暴亂，國中終日行，不見所識，使吾悽愴傷懷。」他的《求言令》，因頻年以來不聞佳謀，甚為自責，要求部將每月初一各言其失。他甚至允許妻妾在他死後改嫁。這一些，都不同凡響。

中國古典詩歌從二言、三言、四言到漢末，五言詩已經成熟，古詩十九首為代表。曹操的歌行繼承了漢樂府的傳統，質實剛健，敘其親歷，令人如臨其境。《蒿里行》：「鎧甲生蟣蝨，萬姓以死亡。白骨露於野，千里無雞鳴。生民百遺一，念之斷人腸。」《苦寒行》寫道：「羊腸阪詰屈，車輪為之摧。」「熊羆對我蹲，虎豹夾路啼。」「擔囊行取薪，斧冰持作糜。」這些都是實錄。讀杜工部倉皇歷亂之作，特別是《秦州雜詩》，我常常想起曹操這些詩句。文學史言老杜汲取了漢樂府的養份，確切地說，他更受到曹操的影響。惟老杜在總結自己的詩路歷程時，只提及陰鏗、何遜和二謝。

曹操最出色的作品是他的四言詩。《詩經》之後，卓立詩壇，無人可及。《觀滄海》：「秋風蕭瑟，洪波湧起。日月之行，若出其中。星漢燦爛，若出其裏。」

《龜雖壽》：「老驥伏櫪，志在千里。烈士暮年，壯心不已。」

特別是《短歌行》：「對酒當歌，人生幾何！譬如朝露，去日苦多。慨當以慷，憂思難忘。何以解憂？唯有杜康。……月明星稀，烏鵲南飛。繞樹三匝，何枝可依？山不厭高，海不厭深。周公吐哺，天下歸心。」

這幾首詩迄今傳頌不衰，更是許多書家的創作題材。一種沉雄之氣，一種博大胸懷，一種浩大的感嘆，一種誠摯的呼喊，深深感動後世無數志士才人。短暫人生，無窮時空，令多少人扼腕嘆息。其蒼茫意緒，無奈執着都在這些章句裏迴響，真如虎嘯熊吟。

清人張玉谷說：「寫滄海，正自寫也。」誠哉斯言。

上古迄宋代，詩樂一家，從詩經到宋詞，都可以唱。讓我們發揮一點想像力，回到曹公的廟堂，當敲擊樂、吹奏的笙簫響起，雄渾的男聲合唱：「青青子衿，悠悠我心。但為君故，沉吟至今。……越陌度阡，枉用相存。契闊談宴，心念舊恩。」該有多麼強烈的感召力！詩歌、詩歌，詩本來就應當歌。

「建安」是漢獻帝的年號，約有二十五年。以曹操父子為核心的鄴下文士集團及其追隨者所創作的詩賦，人稱「建安文學」。劉勰《文心雕龍》云：「觀其時文，雅好慷慨。良由世積亂離，風衰俗怨，並志深而筆長，故梗概而多氣也。」

「建安七子」指孔融、陳琳、王粲、徐幹、阮瑀、應瑒和劉楨七人。各有其成就。詩賦以王粲更為出色，《登樓賦》是他的代表作：「悲舊鄉之壅隔兮，涕橫墜而弗禁。……夜參半而不寐兮，悵盤桓以反側。」但比起曹操，只能說是猿叫烏啼。

【2】詠曹植

陳文岩

七步成詩有甚奇，信知情急可為之，
凌波裁就洛神賦[1]，八斗朦朧寄綺思[2]。

1 《洛神賦》寫洛神凌波而至。
2 有謂曹植文中的「洛神」是他心中的情人曹丕妻甄妃。

七步生詩有甚奇[illegible][illegible]
情氣可為之凌波[illegible][illegible]洛
神賦八斗才深流[illegible][illegible]思

辛丑陳文[illegible][illegible]詠曹子建

◆ **秦嶺雪：**

舊時代讀書人頗有能在短時間內吟成一首詩者，只要通詩韻，熟典故，略有才思即可。我的老師——粵港著名詩人陳蘆荻先生就是其中一位。他自稱廣東陳二步，真可以在杯酒之間率爾成篇。本書作者陳文岩醫生更是一位奇才，不僅五絕、七絕信手拈來，還能五古、七古珠玉相連，如蠶吐絲，邊吟邊以大草書之，朋輩嘆為觀止。

傳曹植《七步詩》：「煮豆燃豆萁，豆在釜中泣。本是同根生，相煎何太急？」成於遭受極大壓迫之時，刀在頸上，悲憤欲絕，而以巧思妙喻出之，不靦顏乞求，且有責難之意，令人擊節嘆賞。此詩見於劉義慶《世說新語》文學篇第四，也有人認為是小說家語，不足為信。

同一機杼的是章懷太子的《黃臺瓜辭》：「種瓜黃臺下，瓜熟子離離。一摘使瓜好，再摘使瓜稀。三摘猶自可，摘絕抱蔓歸。」哀怨淒切，令人不忍卒讀。《七步詩》是兄弟鬩牆，《黃臺瓜辭》是母子相殘，皇權啊！

依照日本漢學家吉川幸次郎的説法，曹子建是六朝至唐的詩神。其所以「神」，是將五言詩的創作水平提升到前所未有的高度。他以其貴介公子的品性，才士的至美情懷並融入遭受貶謫身世之感，寫下一系列精美的作品。如《白馬篇》《野田黃雀行》《送應氏》《贈白馬王彪》等等。他善於起調，精於刻劃，用字精警，對句工整。以氣運辭，尤少閒言贅語，音調慷慨而寄意高遠。鍾嶸《詩品》讚美他「骨氣奇高，辭采華茂，情兼雅怨，體被文質」。

《白馬篇》：「白馬飾金羈，連翩西北馳。借問誰家子，幽並遊俠兒。……控弦破左的，右發摧月支。仰手接飛猱，俯身散馬蹄。……名編壯士籍，不得中顧私。捐軀赴國難，視死忽如歸！」論者認為王維、岑參諸盛唐詩人筆下之遊俠少年的勇武精神及形象，皆脱胎於此。

《贈白馬王彪》，讀此詩先讀其序：「黃初四年五月，白馬王、任城王與余俱朝京師、會節氣。到洛陽，任城王薨。至七月，與白馬王還國。後有司以二王歸藩，道路宜異宿止，意毒恨之。……」全詩六章抒寫遭受迫害，骨肉分離的慘劇，可謂悲憤填膺，涕淚滿襟。僅摘數句如下：「泛舟越洪濤，怨彼東路長。顧瞻戀城闕，引領情內傷。……鴟梟鳴衡軛，豺狼當路衢。蒼蠅間白黑，讒巧令親疏。……

孤獸走索群，銜草不遑食。感物傷我懷，撫心長太息。太息將何為？天命與我違。奈何念同生，一往形不歸。……憂思成疾疢，無乃兒女仁。倉卒骨肉情，能不懷苦辛？……離別永無會，執手將何時？……收淚即長路，援筆從此辭。」

方東樹曰：「此詩氣體高峻雄渾，直書見事、直書目前、直書胸臆，沉鬱頓挫、淋漓悲壯，遂開杜公之宗。」

感情的深度常常是詩歌藝術的高度。

曹植在語言上精研聲律，平仄諧調妥帖，儼若後來的律句。如「游魚潛綠水，翔鳥薄天飛」，又如「白日曜青春，時雨靜飛塵」「揮羽邀清風，悍目發朱光」等等。

古典詩歌走向精緻，曹植可稱「導夫先路」。

曹植更為後世傳頌的作品是《洛神賦》。因附會甄后的故事，就如《長恨歌》之詠嘆楊李相戀，為後人譜成戲曲歌舞。畫聖顧愷之還繪有長卷。

曹子建寫的是神女，依我看，他寫的是一位多情的舞蹈家。以山川為舞台，雲煙為帳幕，在迷離恍惚間輕歌曼舞，眉目傳情，讓一位遭貶逐的王侯神移目駭，情懷激盪。其聲源於「楚辭」，其文緣於「漢賦」，仍是那種誇飾，那種全面的立體的描繪；仍是那種斑斕的色調，曼聲暢吟的音韻，首尾完整的故事。

不妨說，這是曹子建渴望時的綺思，失意時的自慰。「無微情以效愛兮，獻江南之明璫。雖潛處於太陰，長寄心於君王。」不是有點自作多情麼？

作者在〈序〉中說：「感宋玉對楚王說神女之事，遂作斯賦。」生花妙筆，文士伎倆，歷來如是，實沒有甚麼內幕。然而，他的一詩一賦都讓後世嘵嘵不休，這當然與他的身世有關。

「凌波微步，羅襪生塵」已成為美女的典故，為後世詩家撏撦殆盡。

【3】詠陶淵明

◆ 陳文岩

五古讀來似品茶，邨居淡適別無他，
折腰[1]抵得官場累，不若南山種菊花[2]。

◆ 秦嶺雪：

陶淵明略後於王羲之，可說是同時代的人。晉宋間政治腐敗，篡廢時有，卻產生了兩位文化巨人。一位是「書聖」，一位是「古今隱逸詩人之宗」。先哲說過，文藝的發展與政治經濟往往不在同一軌道上。

1 陶淵明不為五斗米折腰。
2 陶詩：採菊東籬下，悠然見南山。

陶淵明為了生活，曾三度出仕，當小官餬口。但他的秉性實無法適應官場，所謂「豈能為五斗米折腰向鄉里小兒」。百般掙扎，終於復歸於田園，躬耕隴畝，貧困自適。這些都很坦誠地寫入詩中。《歸園田居》云：「少無適俗韻，性本愛丘山。誤入塵網中，一去三十年。羈鳥戀舊林，池魚思故淵，開荒南野際，守拙歸園田。」又云：「種豆南山下，草盛豆苗稀。晨興理荒穢，帶月荷鋤歸。道狹草木長，夕露霑我衣。衣霑不足惜，但使願無違。」讀他的詩，好像聽一位老實人茶餘酒後訴説他的心事，語語入心。他對於回歸自然本性的堅持，對於融入田園的歡欣，對於雞鳴狗吠的親切感，很自然地把你引入審美的境界。

陶淵明寫五言古詩，也寫四言，都很出色。他在當時也是另類。時人追求工巧、華麗，正如鮑照所批評的「鋪錦列繡，亦雕繢滿眼」。他卻反其道而行之，以質樸的語言抒寫真實的感情。元好問讚曰：「一語天然萬古新，豪華落盡見真淳。」曾紘説：「造語平淡而寓意深遠，外若枯槁，中實敷腴。」

品茶，就是要淡而有味。

「平疇交遠風，良苗亦懷新。」「新」是泛綠，拔高。據説，蘇東坡有一次在學士院忽然興至，用各種字體連書這兩句詩七八紙分贈左右。坡公曰：「僕居中陶，稼穡是力，夏秋之交，稍旱得雨，雨後徐步，清風獵獵，禾黍競秀，濯塵埃而泛新綠，乃悟淵明之句，善體物也。」

「採菊東籬下，悠然見南山」這是陶詩的名句。籬邊野菊，小小花朵，淡白、淺黃或者紫紅，都不甚起眼。採菊，也是楚辭遺緒，美人芳草之意。見南山，看到了甚麼？林木蓊鬱，巉岩高峻。看到夕陽下山，飛鳥回巢，體悟到與大自然親和的深遠意味。比李白的「相看兩不厭」更有滿足感，更有哲思。久而久之，作者很可能就異化為那座高聳入雲、遠離世俗的廬山。後世許多山水詩、山水畫寫的都是作者的胸襟、志節、個性，也就是人化的自然。他們是否從陶淵明那裏得到啟發？

詩人不是大自然的旁觀者，他就是自然。

周嘯天教授說陶詩：「無論寫樂，還是寫苦，又都能不動聲色，都能持一份平常心。明明是豐收，卻云：『聊可觀』……明明勞作辛苦，卻說『肆微勤』……於欣慨之間，覓取絕妙平衡。這種既無大喜，也無大悲，喜慍不形於色的情態，如萬頃湖面，微風乍起，雖有波瀾，終於圓融平靜，是一種哲人的風度，也是陶詩魅力所在。」

陶詩，的確值得品味。

從陶淵明的「田園詩」，我們可以讀出它的對立面即齷齪的官場。也可以讀出作者不隨俗俯仰，不屈節事人的獨立人格。繼嵇康、阮籍之後又一次在文藝創作上輝耀人性的光芒。

陶淵明的散文也非常出眾，甚至比他的詩流傳更廣，影響更大。「晉無文章，唯陶淵明《歸去來兮辭》一篇而已。」其實，不只是《歸去來兮辭》，《桃花源記》《五柳先生傳》《閒情賦》都令人嘆賞不置。

【4】詠謝靈運

陳文岩

失意翻為山水親[1]，謝公屐[2]底謫仙根[3]，
也知一斗[4]多珠玉，明月清風各有魂。

1 謝靈運失意官場，縱遊山川。
2 李白《夢遊天姥吟留別》：腳着謝公屐，身登青雲梯。
3 李白推崇二謝，亦從中汲取營養。
4 謝靈運曾謂天下才共九斗，曹植獨得八斗，自己得一斗。

古人之觀山水親訪名
勝履遍歷根也乞一井
為珠玉明之徒氏各為說

辛丑

◆秦嶺雪：

羅宗強教授在《玄學與魏晉士人心態》一書中指出：山水怡情是東晉中期以後士人生活一個重要內容。他以「蘭亭之會」為例說明其特點在於山水審美與玄理的契合，以及山水審美與生命意識的體認相契合。他同時指出蘭亭之會的詩「往往比較粗糙」。

蘭亭之會後卅二年謝靈運出世，提升山水詩的契機就落在他身上。

謝靈運是公元五世紀由晉入宋的著名詩人，他是東晉名將謝玄之孫。襲封「康樂公」。宋少帝劉義符即位後，謝批評朝政令執政大臣不滿，被貶為永嘉太守。後來又多次遭貶，一度退隱，終於被殺。他生命的最後十二年是在竄逐失意中度過的。這同曹植在曹丕即位後被貶逐頗為相似，心跡也合拍。因此，他引曹植為同調，在詩歌創作上也成為曹植的繼承者。

他們的「魂」就是遭受迫害的孤憤。

永嘉是浙東山水優勝之地。謝靈運在這裏呼朋喚侶，結伴同遊，時人以為是山賊。為了便於登山，他發明了謝公屐，屐底裝有可活動的齒，上山棄掉前齒，下山卸後齒。李太白兩百多年後把它寫入名作《夢遊天姥吟留別》：「腳着謝公屐，身登青雲梯。半壁見海日，空中聞天雞。……」

山水詩的發展，經歷了宴遊、行旅、遊覽三個階段，詩中描寫山水的成份逐漸增加，由配景而成為描繪的中心。結構有層次，轉折見機巧。詞采華麗，融情入景，終於獨立成體，成為詩史上重要的流派。謝靈運是大量創作山水詩的第一人，被稱為山水詩的鼻祖。

且讀《登池上樓》：「潛虬媚幽姿，飛鴻響遠音。薄霄愧雲浮，棲川怍淵沉。進德智所拙，退耕力不任。徇祿反窮海，臥痾對空林。衾枕昧節候，褰開暫窺臨。傾耳聆波瀾，舉目眺嶇嶔。初景革緒風，新陽改故陰。池塘生春草，園柳變鳴禽。祁祁傷豳歌，萋萋感楚吟。索居易永久，離群難處心。持操豈獨古，無悶徵在今。」

周嘯天教授説：「前八句寫官場失意臥病永嘉的牢騷；中間八句寫病起看到的滿園春色；末六句寫觸景感懷，決計歸隱。」讀者可以感覺到謝靈運的語言比較古雅。他化用了《詩經》的句子，還借用了《易經》的喻象。這首詩寫了眼之所見，心之所感，寫了內心的矛盾與掙扎。作者「移情山水，帶有強烈的主觀色彩」（羅宗強語）。

另一首較具客觀意味的是《石壁精舍還湖中作》：

「昏旦變氣候，山水含清暉。清暉能娛人，遊子憺忘歸。出谷日尚早，入舟陽已微。林壑斂暝色，雲霞收夕霏。芰荷迭映蔚，蒲稗相因依。披拂趨南徑，愉悅偃東扉。慮澹物自輕，意愜理無違。寄言攝生客，試用此道推。」

此詩寫了一天遊蹤，以工筆描繪湖景，極富生機。與後來的山水詩相比，似乎又少了一份灑脫。

中國山水畫的發展，幾乎與山水詩同時。早期的山水也是人物畫的配景，十分粗糙，甚至不合比例，人大於舟。到了顧愷之筆下方有遠近之分。而真正成熟要到隋代展子虔「遊春圖」，比謝靈運的山水詩遲了兩百年。

謝靈運受到李、杜的衷心讚賞。杜甫云：「久為謝客尋幽慣」，又說：「熟知二謝將能事」。但從唐代王、孟的山水詩反觀謝康樂，你就會發覺前人對他的批評，如象意分離、玄言尾巴、有句無篇等等，並非十分苛刻。詩史上的定位與藝術審美往往並不一致。「池塘生春草，園柳變鳴禽」是謝靈運的名句，元好問驚為天人，吟道：「池塘春草謝家春，萬古千秋五字新。」其實，首句只是白描，即目所見；

次句有細緻的觀察，變字精警，有聲有色，應說不俗。同一層意思，如果我們拿來與杜審言的「淑氣催黃鳥，晴光轉綠蘋」相比較，會不會覺得唐人更精緻，更圓熟？

【5】詠孟浩然

◆ 陳文岩

夫子風流天下聞[1]，落花啼鳥雨中春[2]，

田園信是疏閒慣，五律吟來似臥雲。

◆ 秦嶺雪：

李白贈孟浩然詩：「吾愛孟夫子，風流天下聞。紅顏棄軒冕，白首臥松雲。醉月頻中聖，迷花不事君。高山安可仰，徒此揖清芬。」孟浩然長李白十二歲。李白三十四歲漫遊襄陽作此詩，過一年，孟浩然就去世了。李白詩中說：「棄軒冕」就

1 李白詩：我愛孟夫子，風流天下聞。

2 孟浩然詩：春眠不覺曉，處處聞啼鳥，夜來風雨聲，花落知多少。

是孟浩然自己感嘆的「不才明主棄」，即是科舉鎩羽。他不是不事君，而是未能事。李白在這裏化被動為主動，讚美孟浩然隱士的高潔，而接下來似乎有自己的影子。太白也是酒仙，此時正高隱等待徵召。這首詩說到歸隱，說到喝酒，說到流連光景，卻沒有提到孟浩然的詩。

孟浩然四十歲進長安。在太學以「微雲淡河漢，疏雨滴梧桐」一聯轟動京師。

王維同他友善，張九齡也很欣賞，後來招他入幕府。杜甫少他廿四歲，應是後輩，安史亂後在成都滿懷深情寫下對他的追憶：「復憶襄陽孟浩然，清詩句句盡堪傳。」在唐代詩人中與孟浩然最為投契的還是李太白，迄今傳頌的七絕《送孟浩然之廣陵》：「故人西辭黃鶴樓，煙花三月下揚州。孤帆遠影碧空盡，唯見長江天際流。」江流浩渺，別情依依，千載之下我們似乎還在佇望那遠去的帆影……

孟浩然最受好評的是五律和五絕，在當代《唐詩百首流行榜》中佔有五席，並常常出現在中小學課本中。

孟浩然的五律，寫田園，如《過故人莊》；寫隱居，如《夏日南亭懷辛大》，常有歷時性，並具詩的單純美。《過故人莊》從應邀寫到後約；《夏日南亭懷辛大》從太陽落山寫到皓月中天。表面平平淡淡復絮絮叨叨，但所取的景象、色彩、聲響都有明確的指向。《過故人莊》的雞黍、綠樹、青山、場圃、桑麻、菊花，《夏日南亭懷辛大》的山光、池月、竹露、鳴琴，作者通過精妙的練字將這些物象聲音綰合起來，以景傳情，以聲傳意。《過故人莊》的「合、斜、面、話」，歷來很受評家點讚。特別是結尾的「就」字，好友的親切之情溢於言表。

孟浩然的懷古詩，又別出機杼，常常先表達一種感慨，彷彿奏樂開始，大鑼大鼓，讓聽眾警醒。《與諸子登峴山》劈頭就是「人事有代謝，往來成古今」。《晚泊潯陽望廬山》先說「掛席幾千里，名山都未逢」，然後才轉到眼前，「始見香爐峰」。劉辰翁評曰：「起得高古，略無粉色，而情境俱稱，悲慨勝於形容。」

孟浩然的幾首五絕可能比五律更為人傳頌。當我們聽到二三歲的孩子用稚嫩的童音吟出「春眠不覺曉，處處聞啼鳥」之時，不能不感嘆傳統文化的魅力。詩人把因夜來風雨而失眠輕輕抹過，以一句很愜意的「春眠不覺曉」起調，讓全世界都聽到清脆的鳥聲，一片惜春的情緒就此瀰漫開來。這是何等的巧思，何等的蘊藉！另一首《宿建德江》也是許多書畫家的題材。「移舟泊煙渚，日暮客愁新。野曠天低樹，江清月近人。」「新」字非常精警。為何新？作者沒說，只讓你在朦朧月色中遠近搜尋，曠闊的原野，天邊的遠樹，這清冷的江水，水中可親近的月亮是如此的孤寂……那麼，這「新」字也就意在言外了。作者運用了視覺中景物對應的物理關係構成工致的對偶，而其中所表達的情懷卻是搖漾不休的。

魯迅說，陶潛並非渾身靜穆，也有金剛怒目的一面。以隱逸知名的孟浩然也具俠義的熱腸。請讀這一首：「遊人五陵去，寶劍值千金。分手脫相贈，平生一片心。」吹簫弄笛的高手也偶作金鉦羯鼓之聲。

【6】詠王維

◆陳文岩

境秀詞清出自然，空山鳥語谷中泉，
不依群丑歌凝碧[1]，獨抱佛心寫輞川[2]。

◆秦嶺雪：

當代學人有一本《唐詩百首排行榜》，以各種數據統計唐詩的流行度。王維居第二，有十首，勝於李白。王右丞是盛唐第一位大家。依我看，古典詩歌到王維才可稱為精金美玉。內容與形式高度吻合，無懈可擊。王維的一些作品，如《紅豆》《九

1 安祿山反叛，王維不參與凝碧池殿音樂表演。
2 王維有詩佛之稱，曾置輞川別業。

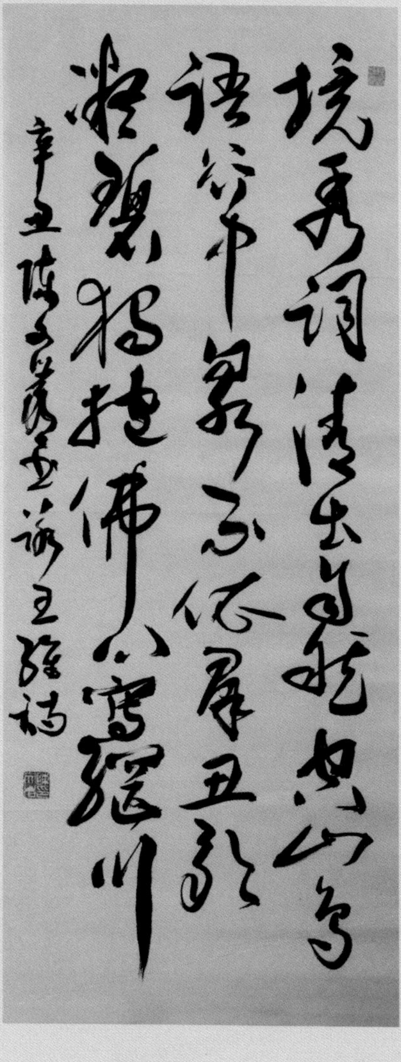

月九日憶山東兄弟》《送元二使安西》《鳥鳴澗》，千年傳頌，迄今仍為童蒙讀本。王維各體皆擅，從五古到歌行，佳構疊出。能狀宏大之景，如「大漠孤煙直，長河落日圓」「江流天地外，山色有無中」；能寄微妙情思，如「返景入深林，復照青苔上」「跳波自相濺，白鷺驚復下」。音節諧婉，色調清雅，詩情畫意交融，蘇東坡嘆為「詩中有畫，畫中有詩」。試吟其《渭城曲》：「渭城朝雨浥輕塵，客舍青青柳色新，勸君更盡一杯酒，西出陽關無故人。」離思纏綿，情感深摯，依依不捨之狀如在眼前，曼聲吟唱，情何以堪？此所謂「陽關三疊」也。

王維生於八世紀第一年。安史之亂發生時他已過知天命之年，而這也成為他人生的重大轉折。公元七五六年，王維被安史叛軍拘於菩提寺並被授予偽職。當時，好友裴迪來看他，王維私誦口號一首。詩曰：「萬戶傷心生野煙，百官何日再朝天？秋槐葉落空宮裏，凝碧池頭奏管弦。」表達了對李唐王朝的忠心。據說，此詩聞於行在，肅宗嘉之。又因他弟弟王縉時已任高官，替他說情。所以變亂平息之後，王維官復原職，以後還續有升遷。但王維自覺「穢污殘骸，無地自容」，向皇帝請求出家不獲准，成了隱於朝廷的居士。晚年長齋，不衣文彩。日以誦經為事，走向忘機和虛無。

王維的母親是虔誠的佛教徒，他很早就購買了輞川別墅奉母安居。然而，安史亂前很長一段時間內，王維是進取的，甚至可以說是一位血性男子。請讀《息夫人》：「莫以今日寵，難忘舊日恩。看花滿眼淚，不共楚王言。」王維青年時代遊走於權貴之門，這首詩的本事是：唐玄宗之兄寧王強佔餅師的妻子。一年之後，寧王問她還想念餅師嗎？並召餅師前來相見。她注視丈夫，悲不自勝。當時在座的有十幾位文士，寧王命賦詩，王維詩先成。寧王讀後，感到羞愧，就把這女人還給餅師。這首詩悽惻動人，更令人佩服的是王維竟把寧王比為昏瞶好色的楚王，具見他的銳氣和鋒芒——這是與晚年禮佛完全不同的王維。因此也才有《觀獵》《老將行》《少年行》《從軍行》這些勁健雄放的傑作。

史稱王維為「詩佛」，說他詩歌中充滿禪思。何謂禪？用王維詩中的喻象來說，就是飛鳥無跡。這也是《華嚴經》裏的意思，鵬運空無以至滅絕。回到王維詩中就是不涉世事崇尚自然，陶醉在個人自我尋味、自我滿足的靜景之中。《輞川集》二十首是他的代表作。但不論是一點青苔、一片月光、一隻白鷺、一聲人響，入耳即目都是鮮明的景象，還是有一點執着。就是水窮處還有山石，雲起雲飛還是有流雲飄過。如果一切都虛幻滅絕，也就沒有文字和詩了。王維的禪思是以他有限的執着，讓讀者展開無窮的想像。這種想像不是指向塵世的風華，而是指向人生與宇宙的本體——無窮的尋覓和永久的蒙昧。作為詩歌，也就有永遠的榮耀。

依我看，禪就是以短暫追尋永恆，從具象到達虛無。看禪宗喋喋不休，千百卷語錄縹緗滿眼，不就是以其「有」啟發無數信眾的「無」嗎？

讀王維的一些詩，當你情與景會，有所感悟，或欲語還休，或言難盡意，或想以己之昏昏使人昭昭，也就有了禪。

【7】詠李白 ◆ 陳文岩

斗酒換來詩百篇，罡風海嶽盡天然，
長歌別出新機杼[1]，後世唯能仰謫仙[2]。

◆ **秦嶺雪：**

前人批評李白說，詩中十之八九言醇酒婦人。這有點誇張，詩中多酒卻是事實。《將進酒》高唱：「但願長醉不願醒」，醉就是常態。至於「花間一壺酒」「醉殺洞庭秋」更是眾口傳頌。在太白，詩酒不可分。傳說醉後為唐明皇、楊貴妃作

1 李白擅長歌行，開篇結尾每有奇句。
2 李白有謫仙之譽。

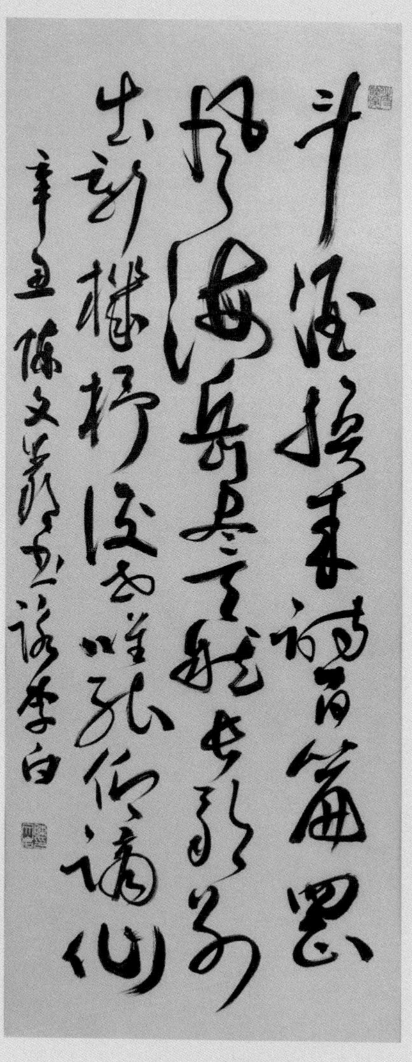

《清平調》三首，風流倜儻，甚至有一點兒不莊重，很可能真是醉筆。因為醉，就直言無忌，就翻江倒海，就放浪顛逸，就登峰造極。李白的研究家郁賢皓先生說，李白將樂府詩做到深，做到極致，令後世作者難於措手。也就是說，他在某些題材，某類詩體前面矗立起珠穆朗瑪峰，你只能仰慕，只能撫膺長嘆。詩仙之譽，並非浪得虛名。

大鵬與皓月是李白詩中的喻象。大鵬高舉故而放逸；皓月朗照，故而瑩澈。李白自許卿相之才，睥睨俗世。他干謁權貴，走終南捷徑，待價而沽。一生追求功名，直至臨終還盼望「鉛刀一割」。他的事業心與濟世救民的理想高度一致，可以說鄙俗與高貴同框。他不俯首貼耳，不惺惺作態，不屈節事人。總是帶着「合則留，不合則去」的倨傲。這就是太白的底氣。因此，當他朗吟「仰天大笑出門去，我輩豈是蓬蒿人」，我們不覺其勢利庸俗；而當他高歌「安能摧眉折腰事權貴，使我不得開心顏」，我們會欣然接受他的狂放。他的渴望、癡想、驕傲、失意以至他的鄙視、牢騷、憤怒一無例外地發洩於詩中。沒有溫柔敦厚，沒有欲言又止。這是一股強勁的西北風，如同我們今天聆聽王洛賓、胡松華的歌曲，新奇激盪，酣暢淋漓。

李白的鄉情、親情、柔情常常藉着清冷的月光傳達給我們。這一片月光撫慰了太白，也撫慰了讀者。從朦朧的半輪到玲瓏的滿月；從花間凌亂到地上凝霜。或是「月下飛天鏡」，或是「白露垂珠滴秋月」，或是「舉手可近月」，或是「月下傾金罍」，總是一種清新，一種深摯，一種高華，一種渺遠。這是李白的意象，也是李白的文彩。李白名句「清水出芙蓉，天然去雕飾」，後世都以為是夫子自道。其實，清水出芙蓉就是雕飾。為何不是別的景色？水要清，花需芙蓉，如此方稱絕配，而讓你覺得自然天成。雕飾是六朝以來的文風，一直到唐初仍然如此。四傑發端，陳子昂之後風氣大變，而直到王維、李白出現，你才發覺，盛唐人換了一副歌喉，清新流暢，口齒留香，才真正有了「如聽仙樂耳暫明」的感覺。

李白的長篇歌行，千年傳頌，就此一調式而言，後世無人能望其項背。他初入長安，著名詩人張九齡就為之傾倒，呼他為「謫仙人」，很可能就是讀了《將進酒》《蜀道難》這些傑作。李白的長歌，包括《夢遊天姥吟留別》《答王十二寒夜獨酌有懷》《梁甫吟》等等，其實都不太長，大約就四五十句。就在這有限的篇幅之中，極盡騰挪變化之能事，揮斥八極，指陳時事，自抒胸臆，似天風海濤，層層推進。而又曲折生姿，收放自如。有時曼聲高吟，有時戛然而止。意氣高揚而無贅語，迴環往復仍多餘韻。七言為主，雜以三四五六言，長至十餘言，形成一種自然流暢而又波瀾起伏的節奏感。一般人作長調，不免拖沓，不免疲弱，令人覺得力不從心。太白卻是氣象崢嶸，通體光華，奇思妙想，妙語盤空。他的語言，波瀾起伏，文白結合，在雅俗之間，有一種力度，一種生氣。也用典，但不生僻，各階層的人都能接受。

【8】詠岑參

◆ 陳文岩

詩作不為無病吟，風霜邊塞寫親臨，

長安城裏被衾暖，誰解征人一片心。

◆ 秦嶺雪：

杜甫《渼陂行》云：「岑參兄弟皆好奇」。岑參從戎赴邊塞，當然是為了獵取功名。但因為好奇，就敢歷險。漫漫黃沙，邊鄙苦寒，往往成為珍奇的詩料。「忽如一夜春風來，千樹萬樹梨花開」「西頭熱海水如煮。……中有鯉魚長且肥」「一川碎石大如斗，隨風滿地石亂走」，都是為人熟知的名句。岑參對苦寒尤有真切生動的描繪。如「風掣紅旗凍不翻」，又如《走馬川行奉送出師西征》這幾句：「風

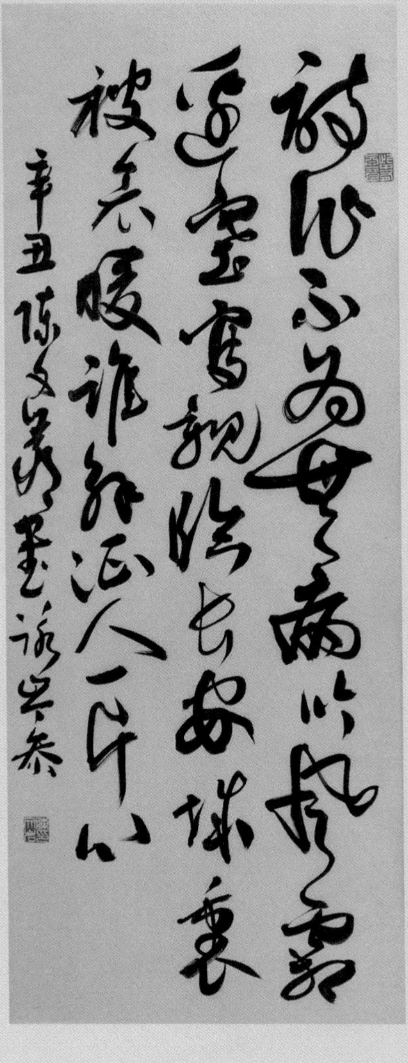

頭如刀面如割，馬毛帶雪汗氣蒸，五花連錢旋作冰，幕中草檄硯水凝。」在他筆下，艱苦卓絕的戰鬥生涯往往成為審美對象，就中提煉出一連串昂揚、感性、有溫度的詩句，充滿豪情勝概，它不是琵琶與羌笛，而是軍中篳篥，一聲聲高昂。

文學史上高適與岑參齊名。稱為「邊塞詩派」。高適的代表作是《燕歌行》，思慮更深廣，甚至指出軍中的階級分野，歷史感更為強烈。也因為寄意繁多，多重主題並立，氣勢就沒有那麼連貫，好像由幾個精彩片段聯綴而成。岑參的寫法更單純、更集中、更有生活細節，感染力更強。如《白雪歌送武判官歸京》：「北風捲地白草折，胡天八月即飛雪。忽如一夜春風來，千樹萬樹梨花開。散入珠簾濕羅幕，狐裘不暖錦衾薄。將軍角弓不得控，都護鐵衣冷難着。瀚海闌干百丈冰，愁雲慘淡萬里凝。中軍置酒飲歸客，胡琴琵琶與羌笛。紛紛暮雪下轅門，風掣紅旗凍不翻。輪臺東門送君去，去時雪滿天山路。山回路轉不見君，雪上空留馬行處。」此詩以「胡天八月即飛雪」開始，而「雪上空留馬行處」作結。先寫雪之美，繼寫雪之寒，再寫雪中置酒，雪下轅門，然後是雪中送君。筆墨如丸流轉而不離一個雪字。《輪臺歌奉送封大夫出師西征》：「輪臺城頭夜吹角，輪臺城北旄頭落。……四邊伐鼓雪海湧，三軍大呼陰山動。虜塞兵氣連雲屯，戰場白骨纏草根。劍河風急雪片闊，沙口石凍馬蹄脱。……」又是何等慘烈殘酷，觸目驚心！

岑參出身名門貴族，受過良好的教育，他的五律和七律，典雅華貴，格律精嚴，很受人推重。《和賈至舍人早朝大明宮之作》與王維、杜甫、賈至這幾位大詩人同題競技，不能不佩服他寫得高華而得體，有大唐皇朝氣象。

岑參的一些短詩，樸素深摯，也為人傳頌。思念戰亂中的家鄉，那一句「遙憐故園菊」，牽動多少遊子的心。從戎戍邊，途中遇回長安的使者：「故園東望路漫漫，雙袖龍鍾淚不乾。馬上相逢無紙筆，憑君傳語報平安。」本來寫信要傾訴的就是無限的思念，銷魂的別情，而以「夢」與「淚」兩字概括之。「馬上相逢」是特定情景，「無紙筆」是生活中常態，第三句於全篇是一個轉折，而句中又自有跌宕。千言萬語最後凝結成平平淡淡的「平安」二字，看似平易卻非常有份量，猶如一塊巨石投入讀者的心湖，自然天成又出人意表。匆促間能說甚麼呢？細想來也只有這千金難買的「平安」啊！作者以一件偶發的小事寫出人類普遍的情感。不遠行，不思念父母妻兒、故園山川，不經過磨難，斷然寫不出這樣的詩句。

【9】詠杜甫

◆ 陳文岩

細琢竟然無跡尋，用詞遣字後人欽，
羨他律句多奇古，誰箇剖心如此吟。

◆ 秦嶺雪：

杜甫經歷了安史之亂的全過程。開頭幾年正處於漩渦的中心。對於個體生命，這是悲慘的磨難，而對於詩人，卻是生活的厚賜。他棄官之後，攜婦將雛，流離失所，飢寒交迫，流徙於陝西到四川的窮山幽谷之中，看到的是血腥、死亡、破敗，自己則歷盡艱險，朝不保夕。戰亂讓一個封建官吏接近人民，親近人民，成為難民中一分子。他的思想感情發生了變化，寫下一系列悲憫蒼生的不朽傑作。

杜甫的悲憫是深廣的，他說：「我能剖心血……一洗蒼生憂。」他有一種推己

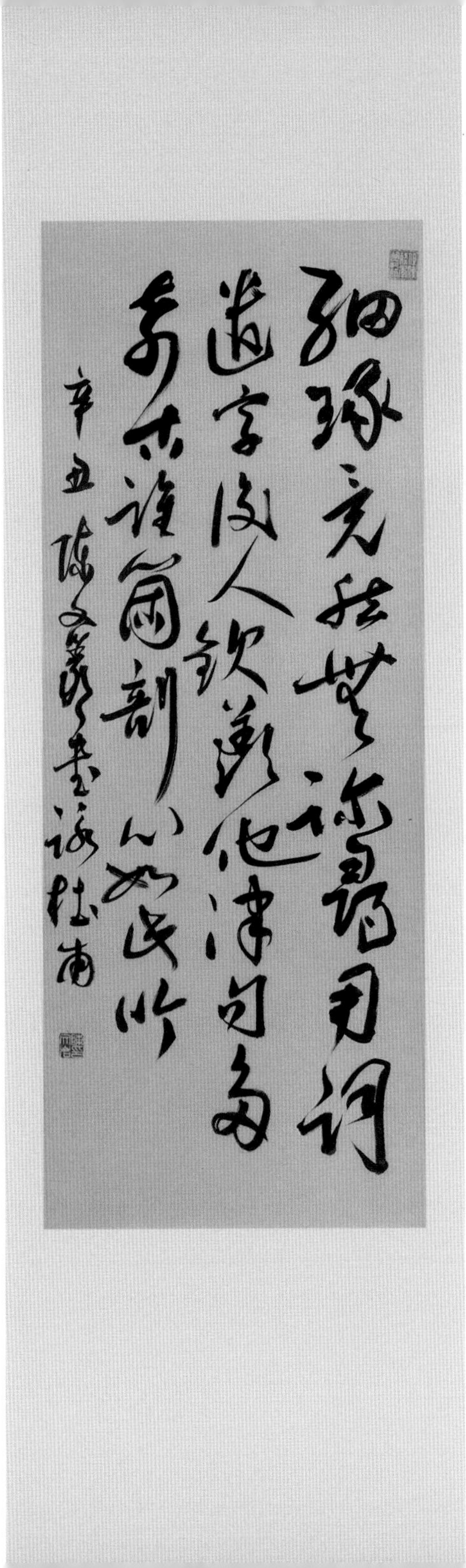

及人的偉大胸懷，有一種對於弱勢群體的深切關愛。他在漫天飛雪中慟哭凍斃的屍骨；在秋風秋雨中憐念襤褸的衣衫；濁酒初釀，與農夫同杯共醉；棗兒黃熟，願老婦分嚐甘甜；愛小鵝紅掌蕩漾清波，盼新發枝柯直上雲端；讚浪花中不馴的鷗鳥，唱細雨中翩躚的春燕。他的愛與自然、社會同在，與生命同在，他熾熱的詩句與人民同在。詩史上愛民篇章甚多，如元結，如白居易。但都未能與老杜比肩。「朱門酒肉臭，路有凍死骨」千年高標，難以逾越。

總的來說，杜甫長於鋪敘，長篇更優於短章。他作七律有時也寫連章體，如《諸將五首》《秋興八首》《寄嚴鄭公》等。老杜七律近古，首先是骨壯意深，如劉熙載《藝概》所言：「高大深俱不可及，能涵茹，能吐棄，能曲折。」名句如「乾坤萬里眼，時序百年心」「高江急峽雷霆鬥，翠木蒼藤日月昏」。再者就是「善於把大開大闔、波瀾起伏的古詩章法納入七律之中」（莫勵鋒語），如「錦江春色來天地，玉壘浮雲變古今」「王侯第宅皆新主，文武衣冠異昔時」。而《閣夜》尤稱奇絕：「五更鼓角聲悲壯，三峽星河影動搖。野哭千家聞戰伐，夷歌數處起漁樵。」俯仰古今，聲情搖曳，雄渾悲壯。

詩是語言的藝術。老杜說：「為人性僻耽佳句，語不驚人死不休」，正是詩人本色。他有一位非常自大卻做得一手好詩的祖父杜審言，因此就將寫詩作為「吾家事」看待，好像祖業一般。老杜的不凡之處在於對詩騷以來的文學傳統有深刻的認識，有歷史的辯證的眼光。他給予初唐四傑崇高的地位。同時，不廢六朝有成就的詩人，對庾信健筆，二謝、陰何的清麗都虛心學習。這種氣度、見識是超前的，已然接近近代文藝家的水平。回首歷史，我們會在藝術潮頭上看到他高大的身影。

宋人研析唐詩，提出詩眼的概念，杜甫正是詩中有眼的表表者。他寫柑園：「青雲羞葉密，白雪避花繁」，「羞」與「避」即是「詩眼」。又如：「隨風潛入夜，潤物細無聲」「感時花濺淚，恨別鳥驚心」等等，不勝枚舉。有詩眼方有好句。詩人一腔柔情，滿懷幽緒，盡借三言兩語吐出，而中有珠玉，輝映文苑，傳頌千古。

杜甫善於安排虛字，開宋調之先。如《聞官軍收河南河北》連用「初聞、卻看、漫捲、即從、便下」，以實濟虛，虛實互長，組合成生平第一快詩。還有研究者指出，老杜用「自」字極見功夫。宋代《韻語陽秋》舉出「寒城菊自花」「風月自清夜」「虛閣自松聲」等等，更有名的是《蜀相》：「映階碧草自春色，隔葉黃鸝空好音。」

杜甫不是畫家，卻善於點色。如「綠垂風折筍，紅綻雨肥梅」「青惜峰巒過，黃知橘柚來」等等。杜甫也不是音樂家，卻善用疊字，如「汀煙輕冉冉，竹日淨暉暉」，又如「穿花蛺蝶深深見，點水蜻蜓款款飛」。老杜還常用俗語入詩，元稹就指出「憐渠直道當時語，不着心源傍古人」，如「鵝兒黃似酒，對酒愛新鵝」「韋曲花無賴，家家惱殺人」。寫於草堂時期的一些絕句更是如此。

還有研究者指出老杜善於變換詞序，典型的如「香稻啄餘鸚鵡粒，碧梧棲老鳳凰枝」。也有反常合道，無理而有味者，如葉燮《原詩》所舉的「碧瓦初寒外」「月傍九霄多」都非常值得尋味。

從這一些，我們可以看到老杜並不止於忠實地描摹客觀事物。他更跟着感覺走，以我為主，取物為象，自由地揮動他的彩筆。

「語不驚人死不休」，作詩要訣。

【10】詠孟郊

◆ 陳文岩

人人爭説孟郊寒[1]，遊子吟[2]來案可翻，
知否乾隆三萬首[3]，欲傳一句也真難。

◆ 秦嶺雪：

孟郊兩首情真意摯的詩都與衣裳有關。其一是媽媽最喜歡教兒女吟誦的《遊子吟》：「慈母手中線，遊子身上衣，臨行密密縫，意恐遲遲歸。誰言寸草心，報得

1 蘇軾言「郊寒島瘦」，後人多引用。
2 孟郊《遊子吟》：誰言寸草心，報得三春暉。
3 乾隆愛作詩，卻無一句人能誦。

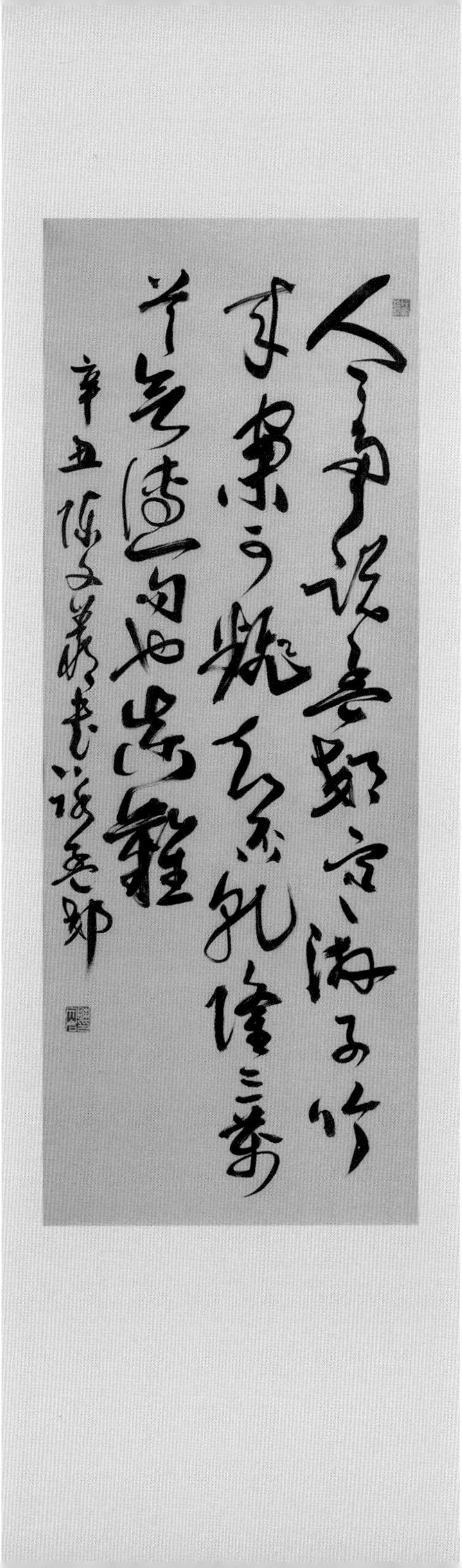

三春暉。」這是識字教育、文化教育、道德教育三為一體的名作。「心」字有兩意，「寸草春暉」已成為成語。讀這首詩，如果你是遊子，頭腦裏定然滿滿是母親素手抽針的影像。「密密、遲遲」，音節短促而情意纏綿，令人低迴尋味。

另一首是唐詩中罕見的愛情詩——《結愛》：「心心復心心，結愛務在深。一度欲離別，千迴結衣襟。結妾獨守志，結君早歸意。始知結衣裳，不如結心腸。坐結行亦結，結盡百年月。」

《遊子吟》寫縫衣，這一首寫結衣。首結是民歌體，如《木蘭辭》。接下來連用九個結，著名詩評家李元洛教授說：「全詩有如一闋情愛天長地久的迴旋曲，新詩中唯有台灣詩人紀弦之《你的名字》，庶幾近之。」

孟郊家貧，不得不外出做小官，嚐盡親人別離之苦。這兩首詩都有個人深切的體會。

孟郊屬「韓孟詩派」，在中唐很著名，時稱「孟詩韓筆」。他的名作都明白如話，沒有韓愈的奇崛。如另一首為人熟知的《登科後》：「昔日齷齪不足誇，今朝放蕩思無涯。春風得意馬蹄疾，一日看盡長安花。」

廿八字寫盡高中的狂喜，沒有常見的感恩，也沒有略表謙卑的門面字。「齷齪」乃昔日之寒酸；「放蕩」乃今時之得意，用俗語寫真情。「春風得意馬蹄疾」已為後世習用。孟郊太窮苦了，白首窮經，四十六歲才中進士，做了一個小小的縣尉；又因性格不合，鬱鬱離任。到六十四歲又外出謀生，結果死在赴任途中。表面上這首七絕非常狂放，得意忘形之狀躍然紙上。但如果了解孟郊的身世，會讀懂他滿腹的辛酸而給予深深的同情。

蘇東坡說：「郊寒島瘦」，已成為文學史的定評。寒者，啼飢號寒。這是內容，說孟詩反映個人窮愁潦倒以及民生疾苦。但「寒」也是一種詞采，一種文字的格調。孟郊以樸質而深摯的語言，以白描的手法寫實抒懷，達到深刻生動的境界。如《寒地百姓吟》：「無火炙地眠，半夜皆立號。冷箭何處來，棘針風騷勞。霜吹破四壁，苦痛不可逃。……寒者願為蛾，燒死彼華膏。」讀了這幾句，你能不「寒」嗎？

韓愈對孟郊很親厚。有二首名作與孟有關，一首是《薦士》，將孟置於漢魏以來五言詩的傳統中，排在陳子昂、李杜之後，對孟的不遇，寄予深切的同情。另一首《醉留東野》，更表達了對孟的傾倒備至：「東野不得官，白首誇龍鍾。韓子稍奸黠，自慚青蒿倚長松。低頭拜東野，原得終始如駏蛩。」朝廷名臣，文章鉅公對一位貧困失意的文友如此推舉，實在令人感動。

【11】詠李賀

陳文岩

千百餘年一鬼才[1]，巧思信自楚辭來，
詩從險峭追奇古，片段時嫌破碎裁。

秦嶺雪：

唐代二位著名詩人王勃與李賀，都在廿七歲的青春年華停止了歌唱。都是仕途失意，抑鬱難申而文采斐然，頭角崢嶸。傳說王勃在滕王閣上欣然命筆，語驚四座。而李賀十九歲落第後，韓文公與皇甫湜過訪，李賀賦《高軒過》申謝。一文一詩，是否不待宿構，有待考證。然詞格老蒼、應對有儀，殆無疑問。這兩位青年才子都

1 李賀有詩鬼之稱。

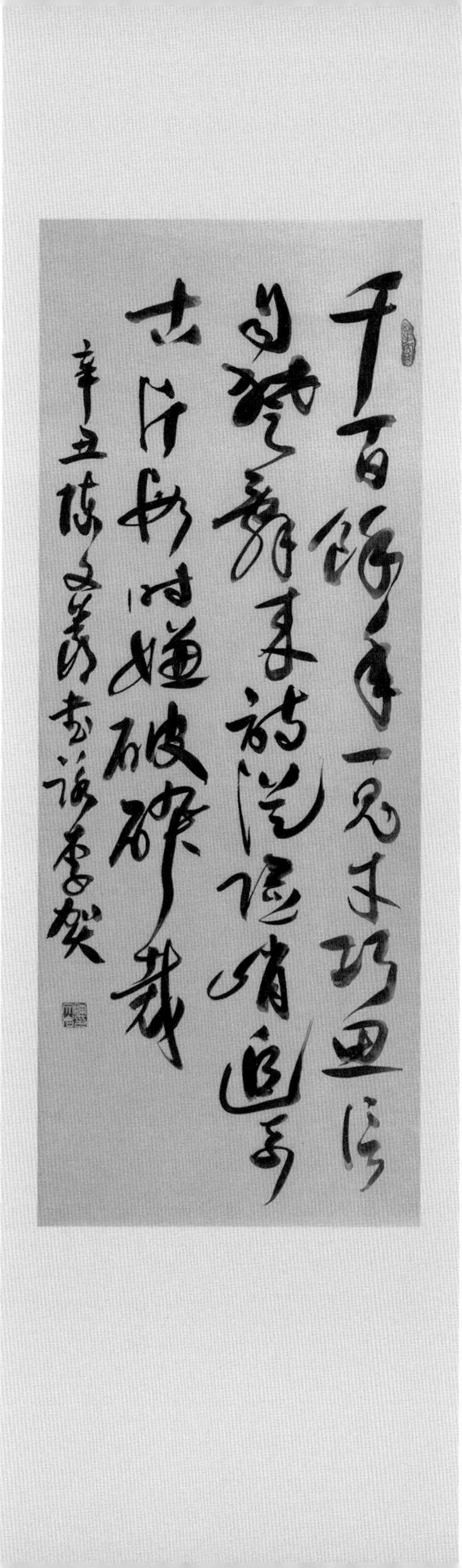

很自負，李賀說：「唯留一扇書，泥金泰山頂」，又說「筆補造化天無功」。他的詠馬詩「向前敲瘦骨，猶自帶銅聲」也是自喻。

是的，李賀沒有說錯。他的二百四十首詩擴大了詩國的疆土，創造出新奇瑰麗的藝術風格，永遠為人傳頌。

說他是「鬼才」，是說他的詩歌匪夷所思，難以企及，造語新奇，頗涉幽明。如「柏陵飛燕埋香骨」「嗷嗷鬼母秋郊哭」「三十六宮土花碧」等等，彷彿美麗的詩境隨時有異物閃動。

同是玩月，劉克莊的《清平樂》如此描寫：「風高浪快，萬里騎蟾背，曾識姮娥真體態，素面元無粉黛。」而在李賀筆下卻是：「老兔寒蟾泣天色，雲樓半開壁斜白。玉輪軋露濕團光，鸞珮相逢桂香陌。」（《夢天》）月光彷彿能擰出水來，玉兔在哭泣，嫦娥環佩叮噹款款走來，相逢在飄着桂花香的路上……設想奇特，此所謂浪漫主義也。

李賀不僅追求新奇，而且追求極致。《老夫採玉歌》：「藍溪之水厭生人，身死千年恨溪水。」《雁門太守行》：「報君黃金臺上意，提攜玉龍為君死。」《浩歌》說：「王母桃花千遍紅，彭祖巫咸幾回死。」又如：「黑雲壓城城欲摧」「雄雞一唱天下白」等等。他用詞遣字有別於一般詩人的含蓄蘊藉，總是出語驚人，充滿力度，與此相適應。他描寫物象，喜用濃墨重彩，「金、黑、黃、紅、綠、紫」反覆出現。「白」在他那兒也是眩目的色素，凡九十見。可見情有獨鍾。

清人的《唐詩三百首》未收李賀的作品。在許多唐詩選本五律、七律的門類也找不到長吉詩。但我們在當代「詩魔」洛夫先生的詩集中找到了，洛夫說李賀「背了一袋駭人的意象」。李元洛稱他是中國新詩現代派的先驅。

且看《李憑箜篌引》，連用「江娥啼竹素女愁」「崑山玉碎鳳凰叫」「芙蓉泣露香蘭笑」「十二門前融冷光」「石破天驚逗秋雨」「老魚跳波瘦蛟舞」「吳質不眠倚桂樹」

種種意象形容音響之美。從人事到神話，從花草到宮殿，從天空到大海，可謂出古入今、上天入地、開闔起落、氣勢動盪。而其間並無鋪敍或過渡，純是意象，論者稱為「徒接硬轉」。白居易的《琵琶行》、韓愈的《聽穎師彈琴》都是描寫弦樂的名作。白詩交代了彈奏的全過程，很明顯帶有歷時性；韓詩差近之。都沒有李賀的幽奇詭異，難以捉摸。《夢天》短短八句，寫盡滄海桑田變幻之感，也是若斷若續的片斷組合。

李賀多奇思妙想。造語「生」是他的特色。隨手摘幾句：「蟲響燈光薄」「銀浦流雲學水聲」「塞上燕脂凝夜紫」「羲和敲日玻璃聲」難怪他母親要說：「是兒要當嘔出心乃已爾」！

李賀寫了六十首詠馬詩，佔現存作品四分之一。這也是詩史上的紀錄。而他的一些絕句清新曼妙，有奇幻之思，也很迷人。如《南園》：「花枝草蔓眼中開，小白長紅越女腮。可憐日暮嫣香落，嫁與東風不用媒。」最後一句為宋代詞人張先所襲用：「沉恨細思，不如桃杏，猶解嫁東風。」又如《昌谷北園新筍》：「斫取青光寫楚辭，膩香春粉黑離離。無情有恨何人見，露壓煙啼千萬枝。」如果你曾經在春天的清晨步入竹園，其時朝陽未高，晨露猶稀，你就會真切體會到「膩香春粉」「露壓煙啼」八字的微妙。

【12】詠柳宗元

◆陳文岩

不多唇舌不張揚[1]，言簡意賅又一章，
寫盡寂寥千萬首，誰如孤笠釣寒江[2]。

◆秦嶺雪：

柳宗元的遭遇都寫在詩中，「一身去國六千里，萬死投荒十二年。」「江流曲似九迴腸」，「秋來處處割愁腸」幾句寫盡羈旅宦情。

安史之亂後，人口減了四分之三，到處是貧窮、殘破。此時柳宗元作為罪臣被

1 柳宗元文簡淺意深。
2 柳宗元詩：「千山鳥飛絕，萬徑人蹤滅，孤舟蓑笠翁，獨釣寒江雪。」寂寥之極致也。

貶至廣西，真是無限悽惶。韓愈貶潮州時寫給他侄孫的「知汝遠來應有意，好收吾骨瘴江邊」，正與此同調。

柳宗元最著名的二首詩都與漁翁有關，一首是廿字的《江雪》：「千山鳥飛絕，萬徑人蹤滅。孤舟蓑笠翁，獨釣寒江雪。」另一首是《漁翁》：「漁翁夜傍西岩宿，曉汲清湘燃楚竹。煙銷日出不見人，欸乃一聲山水綠。回看天際下中流，岩上無心

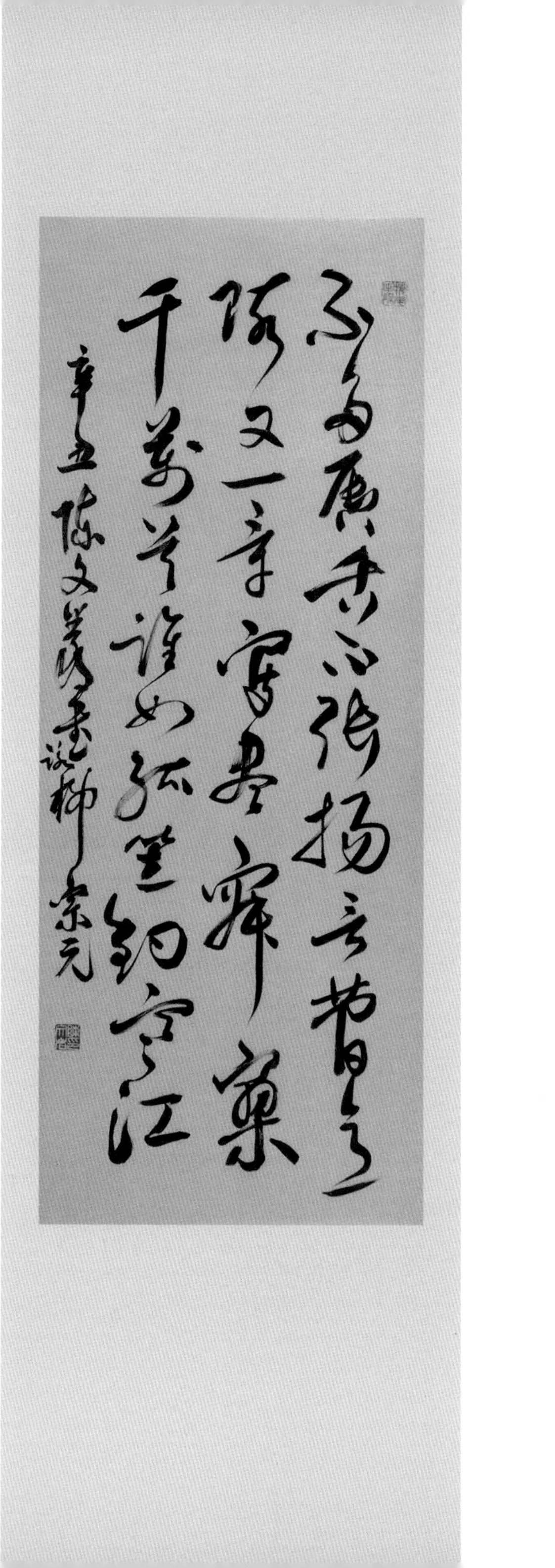

雲相逐。」一首五絕，一首七古，一冷一熱，一造景、一寫景，各臻其妙。

《江雪》成了國畫家的創作題材。喜歡畫雪景的，更是聞詩起興。他的單純與孤高令人心醉。柳宗元在這裏用的是減法，天地只留下一痕，眾生只餘下一人，而又置身在無限迷惘之中。「獨釣」兩字，殊堪玩味，前面說「絕」，說「滅」，其實不是的。漫天風雪中仍有人堅挺、執着、頑強地生活着。這是誰呢？依我看，這首詩並非「寫實」，乃是作者的「心象」，詩人造境以寄意。

而《漁翁》是飛動的，漁舟順流直下，一聲「欸乃」喚醒了青山綠水。「綠」字非常警醒。詩中有煙，有火，有明晃晃的朝陽，有飛舟，有飛捲的白雲，還有漁翁的特寫。全詩充滿生活氣息，跳躍着明亮的色彩。雖有寄意，這個「意」可能是閒適，是淡薄，但基本上是寫實的。

關於這首詩的結尾兩句，蘇東坡說：「雖不必亦可」，還是商量的語氣。明代的胡應麟就說：「除去末兩句自佳」，頗為自信。到了清代，王士禎就斬釘截鐵說：「二句真蛇足耳」。從詩的結構上，「回看天際下中流」是對於上面的補充和擴展。有了這一句，天地廣闊了，視野擴大了，作者的心志也藉白雲表達出來，這就是柳詩中的「機心久已忘」。無此兩句，未能盡意，此其一。其二，此詩之所以是六句而不是四句，是詩的體裁決定的。這是一首七古，起調舒緩，而漸入佳境，到了三四，方進入高潮，不可截然而止。從聲調上説，要有一個尾聲。我相信這是作者一開始的佈局，並非蛇足。

韓愈和柳宗元都是唐代古文運動的旗幟。韓文雄健，柳文簡峭，各臻其致。而韓一代宗師地位不可替代。韓柳亦都擅詩，韓開拓了一片疆土，創造了奇崛詩派。韓詩擅刻劃描繪，筆力千鈞，然其詰屈聱牙亦為人詬病。柳詩峭潔澄澈，論者以為深受謝靈運影響。柳擅抒情，其近體憤激纏綿，感人至深。對於普通的讀者柳詩可選讀的比韓詩多，如《登柳州城樓寄漳汀封連四州刺史》《別舍弟宗一》《與浩初上人同看山寄京華親故》諸什都很傳頌。

柳的一些絕句也很有情致。如《柳州二月榕葉落盡偶題》：「宦情羈思共悽悽，春半如秋意轉迷。山城過雨百花盡，榕葉滿庭鶯亂啼。」又如《酬曹侍御過象縣見寄》：「破額山前碧玉流，騷人遙駐木蘭舟。春風無限瀟湘意，欲採蘋花不自由。」

東坡説：「發纖穠於簡古，寄至味於淡泊，非餘子所及也。」

【13】詠韓愈 ◆ 陳文岩

筆健欲與八代衰[1]，詩偏艱澀意難推，

韓公縱有千千字，都在藍關雪一堆[2]。

◆秦嶺雪：

韓愈文起八代之衰，是唐代古文運動的旗手，他的詩歌創作在詩史上也有重要地位。清人錢良擇說：「唐白李、杜崛起，盡翻六朝窠臼，文章之事已盡，無可變化矣。昌黎生其後，乃盡廢前人之法，而創為奇僻拙拗之語，遂開千古未有之面

1 蘇軾謂韓文起八代之衰。

2 韓愈詩：雲橫秦嶺家何在？雪擁藍關馬不前。

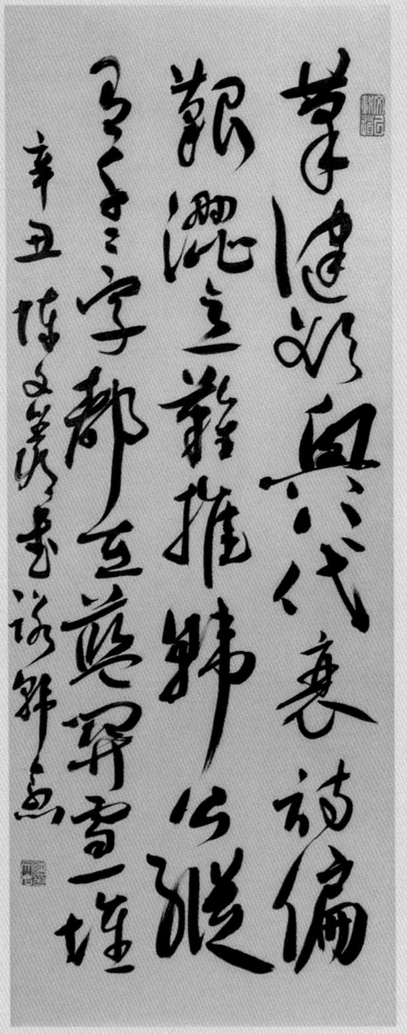

目。」「奇僻」指題材和形象；「拙拗」指語言和聲律。

讀韓詩不僅感到筆力雄健，無不達之意。你彷彿看到一位腳踏風火輪的天神驅趕風雲雷電、八方神祇，搏鬥於碧海青天；又彷彿看到一位手揮巨斧的雕刻家，劈山斫石，窮形盡相，讓萬物降服在筆下。他寫赤籐杖，寫山火，寫洞庭，奇思妙想，光怪陸離，創造出一種震盪變幻的美。他寫牛鬼蛇神，寫蠍子寒雀，為歷來士大夫文學所罕見。「鴟梟啄母腦，母死子始翻。蝮蛇生子時，坼裂腸與肝。」醜惡的形象令人毛骨悚然。同時，你也能體會到「韓孟詩派」刻意求新的創造慾望。真是「險語破鬼膽，高詞媲皇墳」（《醉贈張秘書》）。

韓愈以文為詩，意象比較密集、精巧，充分發揮漢語單字見義的特點，也常用「之、矣、哉」等等助語詞。舒蕪更指出，韓詩的散文化，還表現在章法上講究虛實正反、轉折頓挫。他又說：「韓詩散文化的語言風格，在詩歌形式上所形成的就是反對稱，反均衡，反圓潤之美。」這也是撥亂反正，由當代格律詩的圓熟流轉、對稱和諧又回到古詩的剛健質樸、參差拗折。還有論者指出韓愈詩喜用「春、撞、劈、戛、崩」這些字眼，以造成狠重奇險的藝術效果。

歷來文藝革新，一開始總帶來一股清氣，但又不免矯枉過正。不必說末流，韓愈的作品就是如此。有成功的為人傳頌的《山石》，也有為人詬病的《南山》，或許還有一篇之中優劣參半。中國詩歌有一種頗具哲學意味的「中和之美」。也就是有一個度，過了這個度，一般讀者就難以接受。好像「五四」以來的白話詩，由淺白而精巧而社會化、政治化。然後是橫的移植，中西結合，出現台灣及內地一眾名家。近年則趨向於晦澀、玄虛、粗俗，變成小圈子的玩藝。古今對照，頗值得玩味。

文學革新者的歷史地位，他的代表這個流派的標誌性作品與作品的流行性，往往不在一個刻度上。韓詩最為傳頌的不是狠重奇險之作，而是憤激跌宕充滿抒情意味的《左遷至藍關示侄孫湘》：「一封朝奏九重天，夕貶潮州路八千。欲為聖明除弊事，肯將衰朽惜殘年！雲橫秦嶺家何在？雪擁藍關馬不前。知汝遠來應有意，好收吾骨瘴江邊。」艱難倔強之狀如見。因憲宗退位，幾個月後，韓愈就調回長安了。但年僅十二歲的愛女卻死在流放途中。韓愈回程過其墓祭奠，寫了一首詩，如下：「數條籐束木皮棺，草殯荒山白骨寒。驚恐入心身已病，扶舁沿路眾知難。繞墳不暇號三匝，設祭惟聞飯一盤。致汝無辜由我罪，百年慚痛淚闌干。」寫得何等酸楚沉重。這類詩寫了普遍的人情、人性，語語從心中流出，故感人也深。

韓愈寫了一百〇五首絕句，有幾首情致深婉、構思獨特，也為人傳頌。如《早春呈水部張十八員外》：「天街小雨潤如酥，草色遙看近卻無。最是一年春好處，絕勝煙柳滿皇都。」又如：「新年都未有芳華，二月初驚見草芽。白雪卻嫌春色晚，故穿庭樹作飛花。」這完全是另一副面目，卸下猙獰的面具就是翩翩公子。

還有一點需要提及，韓愈與柳宗元、劉禹錫都是好朋友。柳的墓誌銘，也出自韓愈的大筆。但他攻擊起「永貞革新」來也是有筆如刀，毫不留情的。依現實社會的觀點，韓在當時是政治上保守一類的人。

【14】詠元稹

陳文岩

曾經滄海難為水[1]，幾首悼亡情最真[2]，
果是情多容易濫，西廂稿裏有遺痕[3]。

◆秦嶺雪：

元稹十五歲明經及第，應「直言極諫科」又得第一。他的詩很早就傳入宮中配樂歌唱，人稱元才子。後來又與白居易倡新樂府運動，時稱元白。但他的樂府詩常

1 元稹名句：曾經滄海難為水，除卻巫山不是雲。
2 元稹之悼亡妻詩感人，如「往日戲言身後事，今日都到眼前來」膾炙人口。
3 《西廂記》原改自元稹《會真記》。

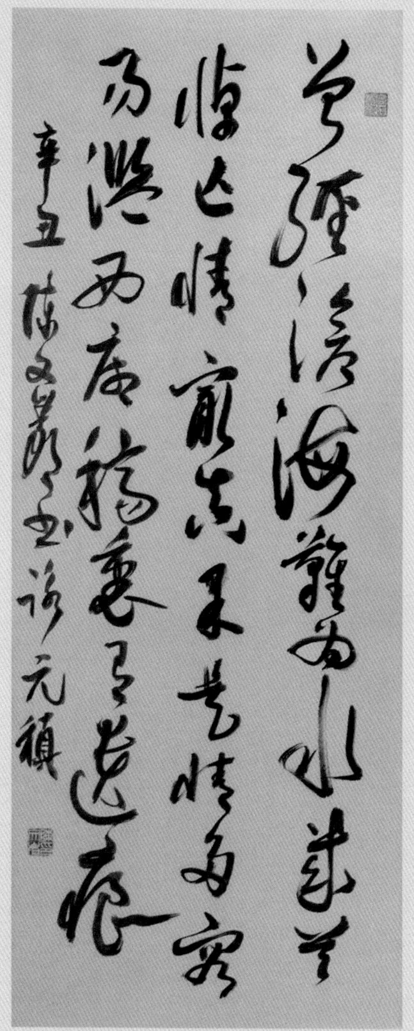

一題多義，詞采、結構、情感和深度均不如白居易。他的名作《連昌宮詞》也詠「李楊」故事，歷來都有人認為可媲美《長恨歌》，其實並不在一個水平上。他的「寥落古行宮，宮花寂寞紅。白頭宮女在，閒坐說玄宗」含蓄雋永，不少唐詩選本元稹名下只有這一首。但又有人考出是王建的宮詞混入《元氏長慶集》。

和韓文公一樣，他的招牌和流行的作品並不一致。元稹傳頌之作是他的悼亡詩，元稹出身寒微，娶名門韋氏女為妻。夫婦情篤，可惜韋叢廿七歲就病歿。此後二三十年間，元稹寫了不少悼亡詩，除了被《唐詩三百首》的編者譽為古今悼亡詩之冠的《遣悲懷三首》，還有《離思五首》《夜閒》《夢開》《六年春遣懷》等等，都寫得情真意摯，悽傷欲絕，深具才子本色。

這首《離思》四之「曾經滄海難為水，除卻巫山不是雲。取次花叢懶回顧，半緣修道半緣君」，陳寅恪先生考出是為表妹崔鶯鶯而作。但不管是為崔氏還是為韋氏，都是沉溺後的深長回味。前兩句從情感體驗提升到人生經驗，常為人引用。第二句有說花叢指美女如雲，其實這是一種喻象並不一定指實。第四句「修道」與「緣君」各半，此乃巧言。修道即是緣君，二而一。究其實，是表示全都為你。元稹之善言語，能取悅人於此可見。這句也常為示愛者借用。

說到這裏，不能不帶出他的悼亡傑作《遣悲懷》三首。本來詩史上的悼亡詩以潘岳最著名。自元稹出，潘就逐漸為人忘卻。藝術有時也是明碼實價，童叟無欺，真刀真槍較量。《遣悲懷》的優勝之處在於：一、剪裁日常生活片斷，以尋常語表達深沉的悲痛。「顧我無衣搜藎篋，泥他沽酒拔金釵。」一個「顧」字，一個「泥」字，昔日情誼，都到眼前，能不腸斷？「針線猶存未忍開」「尚想舊情憐婢僕」又喚起尋常人家多少回憶？其二是概括了深刻的人生經驗而以熟語、俚語出之。「貧賤夫妻百事哀」「百年都是幾多時」迄今還停留在人們口邊。其三，以獨創的形象表達終生的遺憾。「唯將終夜長開眼，報答平生未展眉。」「長開眼，未展眉」，真是妙對。未親身體驗，不能言之。這三首詩的不凡之處在於剪裁。趙昌平先生說：「詩似斷實續，悲君又復自悲，有總有分，首尾呼應，得草蛇灰線之妙。」應該指出的是，此詩描寫當日生活的窘迫不無誇張。「野蔬充膳甘長藿，落葉添薪仰古槐。」說得好像戲曲中的王寶釧與薛平貴。

元稹寫情詩也寫豔詩。「春酥見欲消」「一樹梨花壓象床」「憶得雙文衫子薄，鈿頭雲映褪紅酥」「玉櫳深處暗聞香」等等，不是透露了若干消息嗎？

元稹還撰有傳奇小說《會真記》，就是後來被王實甫妙筆改編成為雜劇的《西廂記》。記述他和表妹崔鶯鶯的戀愛故事，被後人譏為始亂終棄。他後來任西州節度使與著名校書薛濤戀愛，同居數月，待得元稹回京也就不了了之；而同時元稹又與一位歌女關係曖昧。這一些都讓人覺得元才子言行不符，甚至相當玩弄感情。因之，也就懷疑他的悼亡詩是否虛言誇飾，並不那麼誠摯。

我想，我們不能以今天的道德標準要求元稹，他畢竟是一個可以擁有三妻四妾的封建官僚。而就人性而言，一個人可以擁有多段感情，而每一段都是真實的。

【15】詠劉禹錫

陳文岩

竹枝[1]也競出新聲，不負詩豪[2]才氣情，

燕子[3]來時當告我，誰家陋室得君銘[4]。

◆秦嶺雪：

青年時代讀到一些大文章，常見引用劉禹錫這兩句詩：「沉舟側畔千帆過，病樹前頭萬木春。」那意思是說，某種體制一天天爛下去，而某種體制又一天天好起

1 劉禹錫以民歌寫竹枝詞。

2 劉禹錫有詩豪之稱。

3 劉禹錫詩名句：舊時王謝堂前燕，飛入尋常百姓家。

4 《陋室銘》為劉禹錫著名短文。

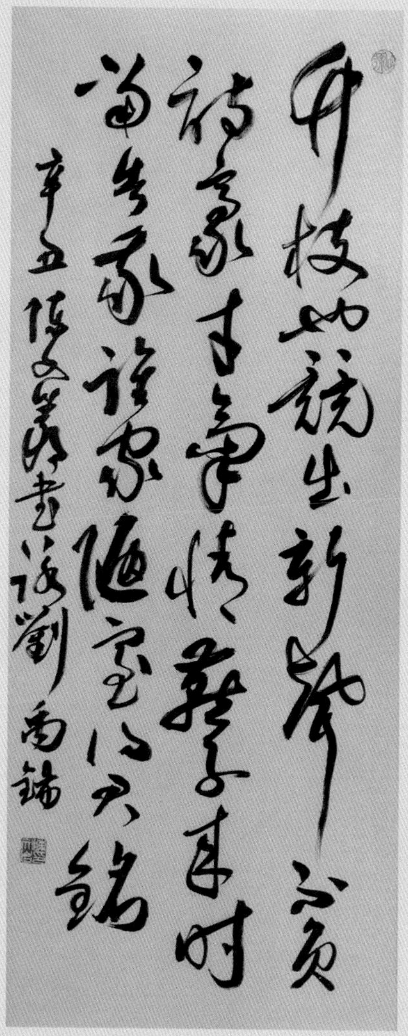

來。信心十足，氣魄宏大，所言者世界大事也。而原作是劉禹錫在貶謫生涯中酬答白居易慰問他的詩句。「沉舟、病樹」是指劉自己，「千帆過、萬木春」是他指兼自指。當然也可以說是詩人在困境中並沒有消極頹廢，對未來仍抱有信心云云。顯然，這兩句詩不是觸景生情，信筆書之，而是經過深刻思考達到哲理高度的凝練之筆。於是，也就成為文藝理論中形象大於思想的一個註腳。

白居易稱劉禹錫「詩之豪者也」。劉自稱劉郎，郎是唐人對男子的尊稱，如稱玄宗為三郎。可見其兀傲之氣。白居易常嘆老，劉卻說：「莫道桑榆晚，為霞尚滿天。」千古文人悲秋，劉卻唱道：「自古逢秋悲寂寥，我言秋日勝春朝。晴空一鶴排雲上，便引詩情到碧霄。」又說：「馬思邊草拳毛動，雕眄青雲睡眼開。」胸懷高遠，絕非寒酸文士可比。劉之狂之豪更突出表現在看花二絕中。劉積極參與「永貞革新」，失敗後貶為朗州司馬。十年後召回，遊長安玄都觀，寫了《元和十年自朗州至京戲贈看花諸君子》。詩曰：「紫陌紅塵拂面來，無人不道看花回。玄都觀裏桃千樹，盡是劉郎去後栽。」君子者誰？不管是當年的餘孽還是今朝之新貴，這些勢焰熏天者又豈在我劉郎眼中。這首詩闖了禍，為執政者所不滿，又遠放外州。十四年後回京，劉再遊玄都觀：「百畝庭中半是苔，桃花淨盡菜花開。種桃道士歸何處，前度劉郎今又來。」對政敵充滿蔑視，極盡揶揄之能事。「前度劉郎今又來」是何等狂放，而這句詩也成為人們經常使用的熟語。

在中唐的文化史上，劉禹錫與柳宗元都被稱為思想家。他的哲思和胸懷還表現在廣為傳誦的懷古詩中。最著名的是《石頭城》和《烏衣巷》。淮水東邊的冷月，王謝堂前的燕子，千百年來一直閃耀着它的清輝，舞動着牠的身影。這組詩純用白描，情由景生，而無限感慨即在其中。劉禹錫懷古詩的主旨可用陳寅恪先生兩句詩來概括。那就是：「興亡今古鬱孤懷，一放悲歌向天吼。」弔古傷時，不只為自己長期遭貶逐的命運，更為江河日下的大唐帝國。當我們讀到「山圍故國周遭在，潮打空城寂寞回」，真是不勝低迴！

劉禹錫長期在巴山楚水之間流徙，接近低層人民，了解各地風俗，也接受了民歌的滋養。白居易説劉禹錫能唱「竹枝」，音調淒婉動人。他學習民歌創作的「竹枝詞」、「浪淘沙」，形象生動，格調清新而含義深長。詩評家李元洛認為，「既保留了民歌質樸天然的天生麗質，多用口語入詩，具有濃鬱的泥土氣息，同時又俚詞而入雅調，從語言到情調多了一份文人的優雅高華。」如：「楊柳青青江水平，聞郎江上踏歌聲。東邊日出西邊雨，道是無晴卻有晴。」又如：「山桃紅花滿上頭，蜀江春水拍山流。花紅易衰似郎意，水流無限似儂愁。」

《陋室銘》是劉禹錫的名文。「山不在高，有仙則名。水不在深，有龍則靈。斯是陋室，惟吾德馨。苔痕上階綠，草色入簾青。談笑有鴻儒，往來無白丁。可以調素琴，閱金經。無絲竹之亂耳，無案牘之勞形。南陽諸葛廬，西蜀子雲亭。孔子云：何陋之有？」名士襟懷，孤高脱俗，也就成為道德君子的宣示表，常有人抄寫或請書家揮毫補壁。全文四言六句，五言六句，文短而意足，氣象崢嶸，眼界開闊，物質匱乏而精神富足。兩個「可以」，兩個「無」，舒適愜意之狀可掬。

【16】詠賈島

陳文岩

兩句三年盡峭枯，笑君一世為詩奴，
苦吟哪句能傳得，除卻推敲[1]甚也無。

◆秦嶺雪：

賈島「推敲」的故事，在歷代詩話中最為眩目。一位平民詩人，或許還穿着袈裟，在長安大街上騎着瘦驢昏頭昏腦，兀自孤吟，撞上了市長大人的車騎。這在今天也一定能上熱搜。

1 賈島：「僧推（敲）月下門」成了典故。

這位市長就是韓愈。賈閬仙非但沒有惹禍，還同市長交上朋友。而「推敲」兩字也從詩中跳了出來，成為人們普遍應用的詞語。原詩如下：

《題李凝幽居》：「閒居少鄰並，草徑入荒園。鳥宿池邊樹，僧敲月下門。過橋分野色，移石動雲根。暫去還來此，幽期不負言。」

寂靜月下一聲剝啄，何等醒耳。所謂用一「敲」字，境界全出。境者，幽居靜寂之魂也。這首詩，頸聯亦佳。論者認為「月光下的小路，野色巨石與空中飄過的雲朵，構成了奇異優雅的流動畫卷。」

賈島好像有意為後世的詩評家提供堪以咀嚼的材料。他另有兩句詩也很著名。這就是：「秋風吹渭水，落葉滿長安。」出自《憶江上吳處士》這首五律。表面看來，只是說秋風吹落了樹葉，很尋常的景色，但加上渭水、長安這當時的繁華之地作為背景，其意味就頗堪尋覓。原來，他的朋友吳處士到福建去了。他想起夏天聚會的情景：「此地聚會日，當時雷雨寒。」現在，又到了秋天懷人的季節，我是如此的孤淒惆悵！親愛的朋友，你何時回來呢？如此，平淡的景語就化為沉甸甸的情語，充滿思友之情。所以有人說，氣象直逼盛唐。這也啟發讀者：讀詩不能只是尋章摘句，而要從全詩意境筋脈中體味。

賈島聽從韓愈的建議，脱下袈裟，應進士試，但始終沒有考上。晚年做了二任縣級的小官，生活一直很困窘，以致「鬢邊雖有絲，不堪織寒衣」，自不免多寒澀瘦削之詞。苦吟是他的招牌：「二句三年得，一吟雙淚流。」寫詩到這份上又何苦來着？然而，晚唐卻又有一位詩人李洞畫其像置之屋壁，朝夕事之。從中我們可以窺見唐詩的興盛與艱難。

賈島還有幾首短詩，經反覆錘鍊，顯得省淨而境界幽寂。如《尋隱者不遇》：「松下問童子，言師採藥去，只在此山中，雲深不知處。」又如《劍客》：「十年磨一劍，霜刃未曾試。今日把示君，誰有不平事？」這首詩同孟浩然的《送朱大入秦》一絕句十分相近。雖說是歸隱或半歸隱，心中還是有一把劍。

他還有一首思鄉之作《渡桑乾》也很有名：「客舍并州已十霜，歸心日夜憶咸陽。無端更渡桑乾水，卻望并州是故鄉。」用筆委曲，更進一層，并州尚不能久住，何況咸陽？這種手法，很為後人模仿。

【17】詠白居易

陳文岩

琵琶[1]一曲淚珠彈，司馬青衫濕復乾，

百揀千挑無晦字，東瀛[2]誰不拜香山[3]。

1 白居易名篇《琵琶行》。

2 日本的別稱。

3 白居易號香山居士。

琵琶一曲淚珠彈司馬
青衫濕後氣百煉千挑
楚騷字字瀟湘好色山

辛丑陳文巖詠琵琶行詩並書

◆秦嶺雪：

白居易最著名、流傳最廣的作品就是《長恨歌》與《琵琶行》。這兩首長詩代表了白居易的藝術成就，也可以說代表了中國古典詩歌敍事藝術的最高水平。有完整的故事情節，有細緻的心理描寫，有蕩氣迴腸的抒情，有無限的感慨唏噓。情事合一，情景相生，收斂有度，音節諧美。獨吟或群誦都有「大珠小珠落玉盤」之妙。

這兩首傑作有一個共同點：都從具體的人事起筆，擴展昇華，表達了對某種人類共通情感的終極關注。《長恨歌》從帝妃之私詠起，不無諷喻、抨擊。而馬嵬坡事變後，作者將李隆基、楊玉環還原為普通的人，對兩人的生離死別寄予無限同情，對玄宗的相思入夢悲苦淒清反覆渲染。「七月七日長生殿，夜半無人私語時。在天願作比翼鳥，在地願為連理枝。天長地久有時盡，此恨綿綿無絕期。」則將楊妃生死相許的悲情推向極致，成為後世情侶的經典誓詞。

《琵琶行》寫的是一位倡女的飄零。年老色衰的命運與蕭瑟的秋天、作者遭貶的宦情交融為一，最後推己及人，同聲一慨：「同是天涯淪落人，相逢何必曾相識！」此中有多少惻隱，多少俠義心腸，又有多少悲切？全詩飽滿地體現了一種渴望求生奮鬥路上互相關愛的情懷，因之也就成為朋友關係中經常引用的名句。

這首詩是實錄還是虛構？主客體二而一，而秋水、荻花的背景又是如此自然天成，不能不引起一點疑惑。且看另一首。

白居易遭貶赴江州途經鄂州之時寫了一首《夜聞歌者》：「夜泊鸚鵡洲，江月秋澄澈。鄰船有歌者，發詞堪愁絕。歌罷繼以泣，泣聲通復咽。尋聲見其人，有婦顏如雪。獨倚帆檣立，娉婷十七八。夜淚如真珠，雙雙墮明月。借問誰家婦，歌泣何悽切。一問一沾襟，低眉終不説。」

很明顯，這就是《琵琶行》的先聲，「終不説」留待《琵琶行》來説，讓讀者終於無憾。

白居易九歲通音律，對音樂有很深的認識，此詩對琵琶彈奏的描寫出神入化，向來膾炙人口。據陳寅恪先生《元白詩箋證稿》，詩中某些句子似從元稹《琵琶歌》化用。如元之「冰泉嗚咽流鶯澀」與白之「間關鶯語花底滑，幽咽泉流水下難」；又如元詩之「霓裳羽衣偏宛轉」「六么散序多籠撚」亦可在白詩中找到痕跡。更擴展一點看，白居易之前已有不少詩人描寫音樂。如顧況《李供奉彈箜篌歌》、李頎

《琴歌》等等。同輩詩人韓愈有名作《聽穎師彈琴》。這些都可能對白居易有所影響，但他們都未能達到白居易的精妙。羅中強教授說：「用『急雨』，用『呢喃低語』，用『鶯語間關』，用『銀瓶乍迸』，用『鐵騎刀槍和鳴』，用『裂帛』各種比喻表現聲象，不僅狀樂聲的起伏低昂，而且狀由此引起的種種想像，種種感覺情思。」

一位詩人說，個人的一段生活經歷加上全人類的文化成果就是詩。這個成果也包括作家本人艱苦的求索。先有一個雛形而最後成為巨著，這在文藝史上並不缺少例證。

《琵琶行》在文體上還可看出唐代變文的影響。敘事委曲而詳盡，人物命運歷歷如繪，並有若干動人的細節描寫，已具小說作意。《長恨歌》源於陳鴻的《長恨歌傳》，取材當時的民間傳聞。而元稹的《會真記》為元雜劇《西廂記》本事。白居易的弟弟白行簡也是出色的傳奇作手。這一些都透露了晚唐文壇走向群眾化的若干信息。白居易之後，古典詩壇已沒有如此精於描寫而又充滿詩情畫意、清詞麗句絡繹奔赴筆端的敘事長篇。清代吳梅村的《圓圓曲》偏重於詠史，只有大事件、大場面，實在難以相比。

在詩歌語言上，白居易有意追求淺白切近，力求「老嫗能解」。他的作品不僅

「自長安抵江西三四千里，凡鄉校、佛寺、逆旅、行舟之中，往往有題僕詩者」，還流傳到日本、新羅。尤其是在日本，連平成天皇都對白居易的詩歌深感興趣。他的不少作品明顯表現出口語化的趨向。可以說，他是詩史上第一位大力提倡通俗化、群眾化的文學大師。

【18】詠杜牧

◆ 陳文岩

官場難得一分真，還是揚州夢[1]裏親，
絕句讀來如洗耳，繼君能有幾多人。

◆ 秦嶺雪：

杜牧追慕李、杜，崇敬韓、柳。他說：「李杜泛浩浩，韓柳摩蒼蒼。」又說：「杜詩韓集愁來讀，似倩麻姑癢處搔。」因此，他的作品有杜、韓的氣骨，又有李白的詞采。杜牧有不少絕句為人傳頌，如《山行》：「遠上寒山石徑斜，白雲生處

1 杜牧詩句：十年一覺揚州夢。

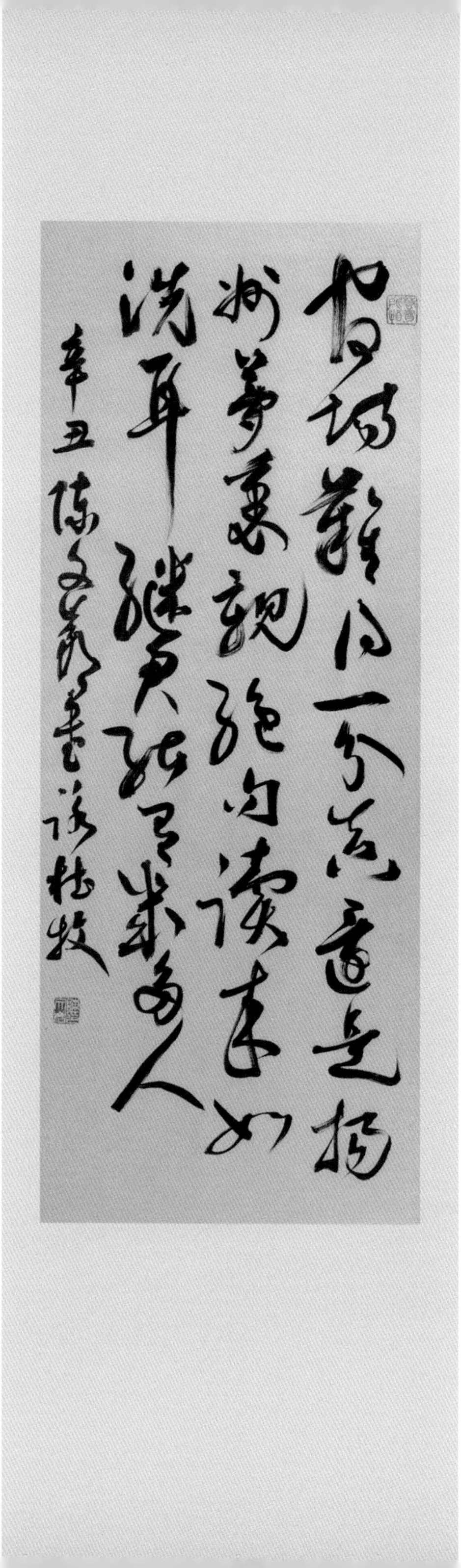

有人家。停車坐愛楓林晚，霜葉紅於二月花。」又如《江南春》：「千里鶯啼綠映紅，水村山郭酒旗風。南朝四百八十寺，多少樓台煙雨中。」他的詠史詩深刻蘊藉，閃耀思想的光芒。不管是正面描寫還是做翻案文章，都觸動人心。《過華清宮絕句三首》之「一騎紅塵妃子笑，無人知是荔枝來」「霓裳一曲千峰上，舞破中原始下來」，一個「笑」字、一個「破」字，何等沉痛又何等犀利！詠赤壁的「東風不與周郎便，銅雀春深鎖二喬」，言人之所未言，沉思之後令人莞爾。

杜牧入揚州節度使幕府多年，詩酒風流，事後有多首追憶之作。清代蘅塘退士編的《唐詩三百首》錄了二首。其一：《寄揚州韓綽判官》：「青山隱隱水迢迢，秋盡江南草木凋。二十四橋明月夜，玉人何處教吹簫？」「玉人」一詞，兩本流行的《唐詩選》註解有所不同。中國社科院文研所本引秦穆公時蕭史與弄玉的典故，指出玉人即以蕭史喻韓綽。但馬茂元先生《唐詩選》「玉人」下註曰：玉人義同美人。這裏指的是揚州歌妓。那麼，「玉人」到底何所指？鄙見既是指韓綽，又可以指歌妓。因為教吹簫必有兩人在焉，這是知交之間的調侃語、風雅語。

但這個並不重要。這首詩的妙處在於用廿八字寫出一個明月的揚州，一個無限旖旎的揚州，一個美麗簫聲中的揚州。「天下三分明月夜，二分無賴是揚州」「二十四橋仍在，波心盪，冷月無聲。」明月揚州之詠不絕如縷，一直延續到今天，不能不感謝杜牧的風流俊賞。

寫自己的遊冶生涯的，杜牧還有一首名作《贈別》：「娉娉裊裊十三餘，豆蔻梢頭二月初。春風十里揚州路，捲上珠簾總不如。」那這姑娘就是揚州的選美冠軍了。詩人晚年回憶起這段日子還寫了一首《遣懷》：「落魄江湖載酒行，楚腰纖細掌中輕。十年一覺揚州夢，贏得青樓薄倖名。」詩評家俞陛雲先生說：「不怨青樓之萍絮無情，而反躬自嗟其薄倖，非特懺除綺障，亦待人忠厚之旨。」所謂「懺除綺障」就是為遊冶的毛病懺悔。照我看，這首詩不僅不是懺悔，還有點風流自賞的意味。一切是那麼坦然、愜意，往事如煙亦如夢，多少柔情蜜意，又多少惆悵意緒。還有人為了維護杜牧的美好形象，竟花功夫考出這首詩是偽作。其實完全無此必要，杜牧自己就說「十載飄然繩檢外」。晚唐士大夫冶遊成風，並沒有甚麼清規戒律。

杜牧不少作品表現了對婦女命運的關注。《杜秋娘詩》《張好好詩》，都帶有傳奇色彩。香港作家高旅就將《杜秋娘詩》改編成長篇小說。

說起杜牧，讀書人還會記起他的《阿房宮賦》。這是唐文的名篇，凝練警策，總結了深刻的歷史教訓。杜牧不僅知史，而且知兵，頗想有一番作為。但大部份歲月在刺史任上流轉未能一展雄才。因此他詩中常蘊含一些深沉的感慨。請讀《題宣州開元寺水閣》：「六朝文物草連空，天澹雲閒古今同。鳥去鳥來山色裏，人歌人哭水聲中。深秋簾幕千家雨，落日樓臺一笛風。惆悵無因見范蠡，參差煙樹五湖東。」評者謂以勢作主故能開合隨心，有老杜格局而流麗過之。（見馬茂元《唐詩選》）難怪後人稱之為小杜。

【19】詠李商隱

陳文岩

纏綿緋豔苦無題，有愛難尋一處棲，
為甚後人多曲解[1]，只緣心底少靈犀[2]。

秦嶺雪：

李商隱的詩，註家都以為有本事，以致「滿天雲雨盡堪疑」。或以為李是溫庭筠一類浪子，招蜂引蝶，風流自賞。如蘇雪林教授指「錦瑟」是宮人贈與義山的紀念品，其辭則是作者自敍與宮嬪的戀愛；或以為是李商隱仕途淹蹇，百般鬱結，藉

1 後人常把李商隱之情詩解為思念君王。
2 李商隱詩句：心有靈犀一點通。

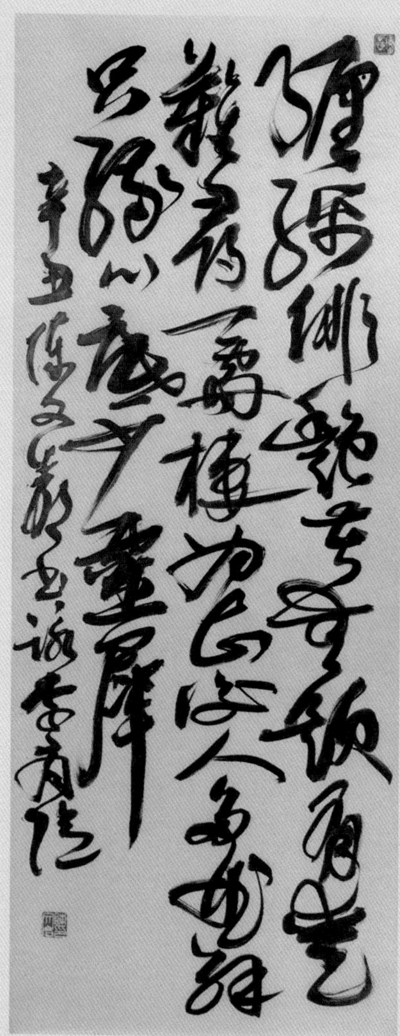

此吐露一腔愁緒。甚至指實為令狐綯而作，慨嘆無良媒以接歡，成了日夜苦吟的單相思。對此前人駁議辯證已多，雖眾口紛紜而疑惑未消。所謂見仁見智，百家爭鳴，姑置之勿論。

這裏提供一種思路，姑妄言之。

李商隱早期有兩組寫戀情的詩，一組是《柳枝五首》。五言，多比興，近民歌體，前有長序；另一組是《燕臺四首》，分寫春夏秋冬對戀人的思念。奇思異想以及尚感生澀的造句都頗有李賀的影子。我很懷疑這兩組詩是文藝青年李商隱的習作，並非紀實。

《柳枝五首》有序，近乎一篇小小說。讀者可細味之。其不合情理處有三：其一，柳枝以一商人家十七歲的少女，能於義山友人讓之片刻吟誦之間即理解《燕臺》一詩之含義，並斷帶以結示愛；其二，隔天又主動邀約商隱河畔幽會，並以六朝民歌之《博山爐》寄意；其三，商隱竟不赴約，理由是：赴京行裝為友人戲取，商隱只能先去追回行李。這數事均極具戲劇性而欠缺情理，虛構色彩甚濃。

中國古典詩歌向來重視寫實，有的竟如日記，或曰詩史。屈原、李白有種種想像；韓愈、李賀怪異百出。唯其發生處仍是具體的人事。到了晚唐，傳奇小說出現，或親歷或傳聞。既有完整故事，虛構因素遂多，元稹引詩入《會真記》，迨義山則變本加厲，以傳奇為詩，《柳枝》《燕臺》可堪為證。此種文藝筆法日漸成熟，遂貫串於義山一系列言情之作，特別是無題詩。或緣於某種感觸，產生某種情緒。就如魯迅論創作時所說：「生發開去」，概括了種種人生經驗，創造出足以充分表達情愫的境界。這個境界是虛構的、美麗的，甚至有一點神秘。

李商隱同於李賀者是片斷意象的組合，無關係詞，無指向，只是沒有李賀生澀。

李商隱是駢文高手，也比長吉多活了二十多年，文字自是更加圓熟。但早期的詩作如《日高》，則與長吉如出一轍。

如果我們把握了義山的創作心態，並對他借象以寄意的手法有所領悟，則讀無題詩就不會如入雲霧之中，不會死於句下。

李商隱的無題詩大半不限於一人一事，總是從具體情境出發，寄意高遠，抑鬱難平，其哀感愁怨，不止一端。橫看成嶺側成峰，讀者可自行尋味，但不可硬讀。

李商隱其實是一個很深情的人。

「君問歸期未有期，巴山夜雨漲秋池。何當共剪西窗燭，卻話巴山夜雨時。」這首廣為傳頌的《夜雨寄北》，打動了多少離人的心！他想念妻子，卻不說自己如何苦思苦想，而是從對方着筆，說妻子盼望他歸去。後面兩句尤妙。杜工部直寫「夜闌更秉燭，相對如夢寐」，李商隱用的是曲筆，共話當日相思情景，情意更深更濃。從對方着筆是抒情詩常用的手法，自己相思難遣，卻把對方寫成情種情癡。「劉郎已恨蓬山遠，更隔蓬山一萬重」「夢為遠別啼難喚，書被催成墨未濃」「賈氏窺簾韓掾少，宓妃留枕魏王才」等等皆是。餘如《聖女祠》《無題》（鳳尾香羅）《離亭賦得折楊柳》皆同一機杼。

【20】詠李煜 ◆ 陳文岩

末朝君主怨詞多，生在皇家莫奈何，

小調南唐稱第一，悽然垂淚對宮娥[1]。

◆ 秦嶺雪：

李後主詞存三十首左右，都是小令。最長不過六十二字，前後期各半。所謂後期即被俘後居於汴京的三年。其內容，也是男歡女愛與憂患意識各半。

王國維在《人間詞話》中極力嘆賞之。近百年成為評論李煜詞的主流話語。他說：「詞至李後主眼界始大，感慨遂深。遂變伶工之詞為士大夫之詞。」

1 後主《破陣子》：最是倉惶辭廟日，教坊猶奏別離歌，垂淚對宮娥。

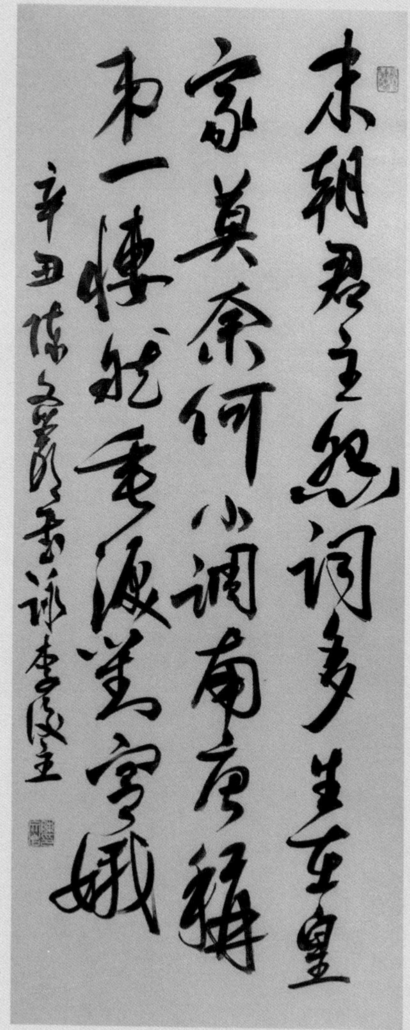

眼界大即「流水落花春去也，天上人間」。不限於歌筵舞畔，離情怨思；感慨深就是「亡國之音哀以思」，變伶工之詞為士大夫之詞，有論者指為由俚俗而文雅。

這幾句說得不錯，但李後主並不全避俚俗，甚至以俗語入詩。如著名的《一斛珠》：「曉妝初過，沉檀輕注此兒個。」其首兩句以及結尾的：「繡牀斜憑嬌無那，爛嚼紅茸，笑向檀郎唾。」對歐陽修、柳永、李清照都有影響。李後主詞也少用典故，並不鏤金錯彩而是清新自然，雅俗共賞。他不像宋代詞人經常大量化用古人詩句，甚至「掉書袋」以文為詞。因其篇幅短而易懂，近代仍有作曲家青睞，成為流行歌曲。

王國維又説：「後主之詞，真所謂以血書者也。宋道君皇帝（徽宗）《燕山亭》詞亦略似之。然道君不過自道生世之感，後主則儼有釋迦、基督擔荷人類罪惡之意，其大小固不同矣。」

這幾句就值得斟酌。李煜以帝王之尊歸為臣虜，失去自由，受盡羞辱，連摯愛的小周后也要入宮侍奉宋太祖，可以想見其捶胸嘔血之狀。惟其詞沉痛則有之，説以血書之就有點過甚其詞。自來文藝作品以血書之不在少，如屈原《離騷》、司馬遷《報任安書》、蔡文姬《胡笳十八拍》，血淚交迸，情見乎辭，遠遠不止於後主的「沈腰潘鬢消磨……垂淚對宮娥」。

其實，宋徽宗的《燕山亭》所詠嘆與李後主並無二致，都是對於故宮的懷戀，對於雪壓霜欺、風雪無情的感嘆。請讀下半闋：「憑寄離恨重重，者雙燕，何曾會人言語。天遙地遠，萬水千山，知他故宮何處？怎不思量，除夢裏有時曾去。無據，和夢也新來不做。」這不活脱又是一位李後主嗎，哪有大小之分？

至於説「儼有釋迦、基督擔荷人類罪惡之意」，則不知這位老先生何所據而云。釋迦普渡眾生，基督犧牲自我拯救世人，都有魯迅説的「肩起黑暗的閘門，放大眾到光明中去」勇氣。李後主詞中則只有失去帝王生活的哀嘆。其內容仍是狹小的，所表達的仍然是個人身世之感。不能因為説到時序變遷「春花秋月何時了」，説到「往事知多少」，痛言人生無常，就説是眼界擴大，有宇宙觀念。

李煜詞千年傳頌，自有他的高處、妙處。

《虞美人》是他的代表作：「春花秋月何時了？往事知多少。小樓昨夜又東風，故國不堪回首月明中。雕欄玉砌應猶在，只是朱顏改。問君能有幾多愁？恰似一江春水向東流。」中國社科院文研所所編的《唐宋詞選》評曰：「作者在詞中把即景抒懷和撫今追昔自然交織在一起，配合以音調的迴還起伏，給人以思潮翻騰之感。特別是擇取滔滔不盡的江水作為喻象，更能收到把他的感情形象化的突出效果。」

賦予一種濃情以宏大的形象，引起人們普遍共鳴，這是後主的絕招。「流水落花春去也，天上人間」「車如流水馬如龍，花月正春風」「離恨恰如春草，更行更遠還生」即是例證。

筆者以為，李後主作詞最擅於起調，正如一位歌唱家凝神屏息，胸中百迴千轉，然後將萬般愁緒噴薄而出，有驚天之概，有擲地之聲。

「多少事，昨夜夢魂中」「往事只堪哀，對景難排」「春花秋月何時了，往事知多少」都是情滿意酣，主題先行。

工於白描，語言神秀，如「別有一番滋味在心頭」，也耐人咀嚼。

【21】詠范仲淹

◆ 陳文岩

岳陽樓記見胸襟，一士獨懷天下心，
莫道文臣難吃苦，戍邊詞[1]有後人吟。

◆ 秦嶺雪：

范仲淹存詞僅五首，有三首常為各種選本選用，其中兩首入選《宋詞百首流行榜》，列廿一、廿三。詞中名句「碧雲天，黃葉地」為王實甫《西廂記》所化用；「都來此事，眉間心上，無計相迴避」則在李清照的《一剪梅》得到回響。這種「強

1 范仲淹曾戍邊防西夏入侵，其《蘇幕遮》《漁家傲》詞傳頌千古。

強聯合」，常為選家津津樂道。

范仲淹這三首常見的詞都有一個「淚」字。

《蘇幕遮》：「明月樓高休獨倚，酒入愁腸，化作相思淚。」

《漁家傲》：「羌管悠悠霜滿地，人不寐，將軍白髮征夫淚。」

《御街行》：「愁腸已斷無由醉，酒未到，先成淚。」

《蘇幕遮》與《御街行》寫的是離情別恨，都是傳統題材，但卻沒有脂粉氣，秋風秋月，一片淒涼，景高遠，情深摯。「夜夜除非，好夢留人睡」，「酒未到，先成淚」，婉曲深沉，前人所未到。

惹起爭議的是他的名作《漁家傲》：

「塞下秋來風景異，衡陽雁去無留意。四面邊聲連角起，千嶂裏，長煙落日孤城閉。濁酒一杯家萬里，燕然未勒歸無計。羌管悠悠霜滿地，人不寐，將軍白髮征夫淚。」

沒有唐人邊塞詩的豪情勝概。景是落日蒼茫，情是白髮老淚。他不像一位邊帥如此表忠：「戰罷揮毫飛捷奏，傾賀酒，三杯遙獻南山壽。」因此，他的朋友，政治上的同道者，婉約派大家歐陽修說是「窮塞主之詞」。

窮就是蒼涼，無旗幟鮮明、軍容強盛之貌，更無縛藩王置之闕下的豪邁。塞主指范仲淹，時為陝西經略使，西北邊防的主帥。

宋代立國已百年，燕雲十六州始終未能回歸。與西夏對峙，陷於苦戰，互有勝負。范仲淹五十二歲受命禦邊，雖曾令西夏膽寒，戰局並不順利，心理負擔是沉重的。關塞風雲之氣，戰士戍邊之苦，英雄憂患之情，一齊湧上筆端。他也是戰鬥的一員，與征夫有共同的感受：同是思鄉萬里，同是邊警緊急，同是久戰不為功。這首詞真實地反映了當時邊防的情勢以及戍邊將士的思想感情。

在當時詞壇上，這是一聲獨唱，也可稱為孤篇橫絕。與綺羅香澤、綢繆婉轉的詞風大異其趣。斯時，歐陽修正在汴京寫他的「淚眼問花花不語，亂紅飛過秋千去」。范曾邀他到軍中任書記，他藉故不去，缺乏邊塞生活的體驗自然不會成為這首詞的欣賞者。

范仲淹更有名的作品是《岳陽樓記》。這篇不算長的文字，作者雖未親臨其地，卻寫得凝練飛動。文有三體即詩、賦、古文。詩情、詩的精闢，賦的體物瀏亮，古文的質樸剛健合而為一。高瞻遠矚，波瀾疊起，清詞麗句，絡繹奔赴，令人心潮澎湃，不能自已。

結尾一段，將中國士大夫愛國憂民的情懷提到前所未有的高度。「先天下之憂而憂，後天下之樂而樂」成為千古名言，迄今仍光芒四射。

范仲淹是言行一致的，韓琦讚他「前不愧於古人，後可師於來者。」

【22】詠晏殊

陳文岩

如詩意境字行間，淺唱低吟興未殘，
歸燕落花誰曉得[1]，蘇州此日有評彈。

1 晏殊名句：無可奈何花落去，似曾相識燕歸來。

如詩之境字行間淺唱低
吟真東蹤律舞落花誰
曉同蘇杭淺日有詩禪
辛丑陳文義詩書詩墨錄于草稿證

◆ 秦嶺雪：

蘇州評彈，吳儂軟語。弦索叮噹，說時絮絮叨叨，唱時一聲裂帛，自有醉人妙韻。用來唱晏殊的小詞，正是珠聯璧合。

晏殊有一首小令《浣溪沙》入選《宋詞百首排行榜》。其中兩句特別令人嘆賞。「一曲新詞酒一杯，去年天氣舊亭臺，夕陽西下幾時回？無可奈何花落去，似曾相識燕歸來，小園香徑獨徘徊。」

以清詞妙對寫傷春意緒，語淺情深，而上下拍結尾兩個同音字，餘味不盡。

有評者謂作者體悟了宇宙無限的循環，充滿深遠的哲思。其實春秋代謝、人生無常的感慨，古已有之，不必自晏殊始。而晏殊經常用來寬解自己的詞句，如「細算浮生千萬緒，長於春夢幾多時」「朝雲聚散真無那，百歲相看能幾個」，並不見得有多麼深刻的思致。

這首《浣溪沙》上拍寫韶光難留，人事代謝；下拍寫時序變遷，留連不捨。其題旨與一首流行曲非常相似——時光一逝永不回，往事只能回味，憶童年時……

此詞的妙處全在中間兩句：「無可奈何花落去，似曾相識燕歸來。」以律句入詞徒增份量。這兩句是從晏殊一首七律《假中示判官張寺丞王校勘》移植過來的（包括結尾一句「小園香徑獨徘徊」亦是）。而此聯據說又是晏殊下屬王琪所對。首先是妙語偶得，天衣無縫。再者，就是意象組合的張力可以讓讀者反覆吟味，產生無窮的聯想。這本也是漢詩的一種屬性。「似曾相識燕歸來」在矇矓疑惑之間，在是與非之間，在新與舊之間，而「王謝堂前燕」又是有歷史烙印的意象。因此，可以說此詞之傳頌不衰全在於王琪靈光一閃。

晏殊太平宰相，富貴閒人，大量作品為歌筵酒畔聊佐清歡而作。也有少數作品以白描繪景，形象鮮明。如《破陣子》春景：「燕子來時新社，梨花落後清明。池上碧苔三四點，葉底黃鸝一兩聲。日長飛絮輕。巧笑東鄰女伴，採桑徑裏逢迎。疑怪昨宵春夢好，元是今朝鬥草贏。笑從雙臉生。」

寫傷春的還有一闋《踏莎行》，全寫意象，以境見情，不讓前述之《浣溪沙》專美：「小徑紅稀，芳郊綠遍。高臺樹色陰陰見。春風不解禁楊花，濛濛還撲行人面。翠葉藏鶯，珠簾隔燕。爐香靜逐游絲轉。一場愁夢酒醒時，斜陽卻照深深院。」

又見燕子，晏殊心中似乎有牠。

【23】詠柳永

陳文岩

長調皆知創自君，偎紅倚翠最銷魂，

是非留與後人說，水井當年處處聞[1]。

◆秦嶺雪：

十餘歲讀中學，教數學的鄭老師抄了一首詞給我，正是柳永的《雨霖鈴》（寒蟬淒切）。斯時，我正熱衷於朗誦，朝夕諷詠，就深深刻在腦海中。此闋的妙處在婉曲，敍離情，先是「執手相看淚眼，竟無語凝噎」，復設想別

1　時人謂：有水井處皆歌柳詞。

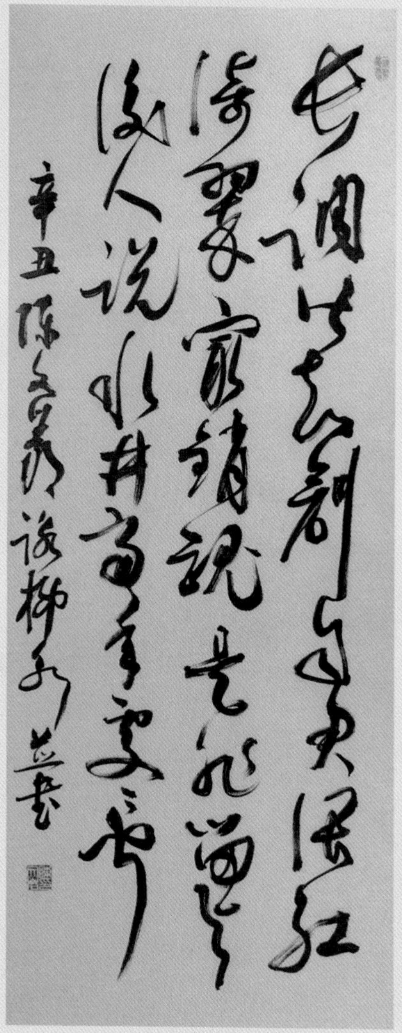

後情景：「今宵酒醒何處？楊柳岸曉風殘月」，以景語作情語，無比淒清。結拍直抒胸臆，似寄言，更似自語：「便縱有千種風情，更與何人說？」將情感之表達推向高潮。如此筆法，疏密相間，隱顯兼濟，多層次，多角度，豐富而酣暢，這正是慢詞的優勢。

柳永的《樂章集》存詞二百餘首，百分之九十是慢詞。他是宋代第一位大量寫作慢詞的作家。所謂慢詞就是長調，每闋八十字以上，最長的《戚氏》竟達二百字。而其中，除十幾首是唐以來的舊調，皆為新聲。新聲者，當時之流行曲也。上自皇帝，下至樂工，都樂此不疲。

這是城市經濟發達的時代，這是市民意識高揚的時代。繁華競逐，新聲巧奏，歌筵酒畔醉生夢死。且看柳永如何自述美人索新詞的情景：

「遷延。珊瑚筵上，親持犀管，旋疊香箋。要索新詞，殢人含笑立尊前。接新聲、珠喉漸穩，想舊意、波臉增妍。苦留連。鳳衾鴛枕，忍負良天。」

真有今日詞壇大腕的牛逼氣象。

柳永有二種筆墨。

他能為極雅之詞。著名的如詠杭州的《望海潮》：「煙柳畫橋，風簾翠幕，參差十萬人家……重湖疊巘清嘉。有三秋桂子，十里荷花。」無一點塵俗氣，何等清麗。又如寫羈旅的《八聲甘州》：「對瀟瀟暮雨灑江天，一番洗清秋。漸霜風淒緊，關河冷落，殘照當樓。」氣象開闊，筆墨蒼勁，東坡譽為「不減唐人高處」。

即使寫男歡女愛，也有極誠摯的文字。如《鳳棲梧》，寫倚樓念遠，最後兩句：「衣帶漸寬終不悔，為伊消得人憔悴。」曾被王國維借來形容成就大事業、大學問的人必須具備的堅毅與執着。

但柳永有意趨俗。他大量的作品以淺俗之語寫豔情，被認為是「淫冶謳歌之曲」。他熱烈歌唱的是遊冶，是感官的享受，有些近乎色情。這正反映了當時市民階層的興趣和需要。如《浪淘沙慢》：「愁極，再三追思，洞房深處，幾度飲散歌闌，香暖鴛鴦被。豈暫時疏散，費伊心力。殢雲尤雨，有萬般千種，相憐相惜。」又如《宣夜樂》：「其奈風流端正外，更別有，繫人心處。一日不思量，也攢眉千度。」這些曲詞流傳極廣，以致「凡有井水飲處，即能歌柳詞」。

柳永出身官宦人家，其父由南唐入宋，曾任工部侍郎。柳永曾任小官，並在五十多歲時考中進士。但他似乎大半生混跡於歌伶舞女當中，成了專業的填詞人。據云，他身後蕭條，寄棺於寺廟，還是歌女們湊錢把他安葬的。後世的傳奇戲曲都有所描述。

這是命運？是興趣？是生活所迫？還是個性使然？

他曾在進士試落第之後，傲然唱道：

「黃金榜上，偶失龍頭望。明代暫遺賢，如何向？……才子詞人，自是白衣卿相。……幸有意中人，堪尋訪。且恁偎紅倚翠，風流事，平生暢。青春都一餉。忍把浮名，換了淺斟低唱！」

從這個角度看，柳永是慢詞的殉道者。在功名和填詞之間他快樂地選擇了後者。

【24】詠蘇軾

陳文岩

千百年間不二才，未知入世為誰來，

詩文書畫學能得，難得心胸敞着開。

◆秦嶺雪：

坡公已成為文化寶庫，評說的文字山呼海嘯。他的著作，詩二千多首，詞二百多首，各體散文四千多篇。未計哲學著作、書法和繪畫。

這裏只說兩點。

東坡詞《念奴嬌．赤壁懷古》雄踞當代《宋詞百首排行榜》首席。但非常流行的朱彊村本《宋詞三百首》不收。據說第一稿收了，復又刪去。

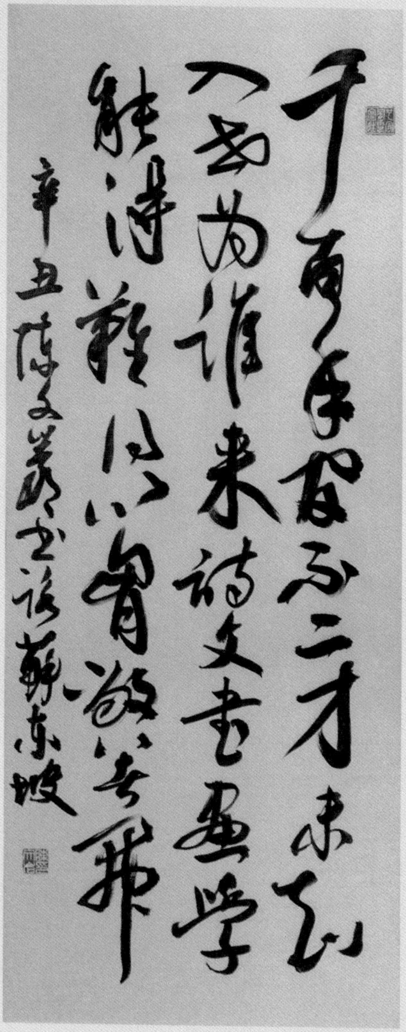

又云是因為「小喬初嫁了」這一句與周郎功業無關。詞中「千古風流人物」其實只推出「三國周郎赤壁」一人，寫公瑾用了這樣幾句：「遙想公瑾當年，小喬初嫁了，雄姿英發，羽扇綸巾，談笑間強虜灰飛煙滅。」其中「英發」兩字是孫策評論周郎語，見《三國志．呂蒙傳》，算是史有實據。其餘，小喬並非此時初嫁，而羽扇綸巾更是借用諸葛亮的行頭。因此可以說，東坡的筆法並非寫實，用當代的文藝術語就是「典型化」。從創作的角度看，「以美人烘托英雄，豪中含婉，筆墨精湛，匠心獨運。」（劉乃昌教授語）如果換成「都督拜印了」那就大為失色。

也有云可能是因為不諧音律。

關於這一點，宋代就有許多批評。李清照說坡公詞是「句讀不葺之詩」。「不葺」即不整齊，長短參差。直白說就是不諧音律又缺乏詞韻的長短句。李清照將詩與詞嚴格區分開來，詩言志，質實；詞抒情，婉約。表達了她非常傳統的詩莊詞媚的美學觀念。

但東坡恰恰喜歡這種「句讀不葺之詩」。《答陳季常書》云：「又惠新詞，句句警拔，詩人之雄，非小詞也。」《與蔡景繁書》云：「頒示新詞，此古人長短句詩也，得之驚喜。」

詞就是長短句，句式不是問題，關鍵在語言的屬性。是詞的，還是詩的。這就大有講究，牽涉到一系列的問題，此處不議。

劉堯民教授《詞與音樂》一書引《東坡樂府．醉翁操序》說，有精於琴藝的行家，因原來的曲詞不能發揮音樂的特色，「乃譜其聲，而請東坡居士補之」。

可見，東坡也能倚聲填詞，他的破格乃有意為之。

現在，還有一眾格律派，寫詩填詞斤斤計較一聲一韻之得失。對此，劉先生說：「我以為詞的音調既已失傳，一個韻字用得合不合究竟以甚麼為標準？『用之不紊，始能融入本調，收足本音。』在後代講這話，豈非欺人之談？就在詞樂未失傳的當日，看來也不至這樣瑣碎細微。有好多名家的詞，曾用當時的方音、俗韻填詞。當時並沒有所謂的詞韻可據，然而並不害其為名詞。」此論最為通達。

蘇東坡的詩詞總是全面地、完美地呈現了他的人格。

烏台詩案，政治摧殘了文藝。但坡公以一個地方官的身份的確與朝廷唱對台戲。他寫詩揭露新法的流弊，激烈而尖刻。如《山村》五絕之一：「老翁七十自腰鐮，慚愧春山筍蕨甜。豈是聞韶解忘味，邇來三月食無鹽。」這是針對鹽法。另一首：「杖藜裹飯去匆匆，過眼青錢轉手空。贏得兒童語音好，一年強半在城中。」這是針對青苗法。

敢言，不附和，堅持自己的政治理念，寧折而不彎，這就是東坡的風骨。不僅熙寧變法時期是這樣，後來司馬光回朝也是這樣，這一些都記錄在史書上。

我感到有興味的是蘇軾始終是一位繼承中國詩歌美刺傳統而又躬行「詩言志」的詩人，他的感情都真實地傾注在詩詞中。

你看他在獄中寫的兩首七律，感恩、怕死、惦念妻兒兄弟。「聖主如天萬物春……他年夜雨獨傷神……魂飛湯火命如雞……身後牛衣愧老妻。」哀懇動人。一出獄，馬上就「走馬聯翩鵲啅人……試拈詩筆已如神！」所關心的是餘年樂事。真是不知悔改，無可救藥！貶謫黃州，倉皇出京，一路吟詠不絕。先有《梅花二首》，以梅自比，自傷身世，而筆勢飛動，孤芳自賞。及至見了好友陳季常，就忘記了「平生文字為吾累」，又對政事發起議論：「我是朱陳舊使君，勸農曾入杏花村，而今風物那堪畫，縣吏催錢夜打門。」這就是蘇軾。

到了黃州，寄居佛寺，寫了名作《寓居定惠院之東，雜花滿山，有海棠一株，土人不知貴也》：「……嫣然一笑竹籬間，桃李滿山總粗俗。也知造物有深意，故遣佳人在空谷……朱脣得酒暈生臉，翠袖卷紗紅映肉。林深霧暗曉光遲，日暖風輕春睡足。雨中有淚亦悽愴，月下無人更清淑……」

紀曉嵐評曰：「純以海棠自寓，風姿高秀，興象微深，後半尤煙波跌盪，此種真非東坡不能，東坡非一時興到亦不能。」

還應該說，這是東坡遭受重大挫折後自我認識、自我肯定的深化，一種精神上的富足，一種睥睨俗世的高貴見之言外。這是詩人個性美的自我塑造。他就是海棠。

深摯，是東坡詩詞的情感特色。傷悼亡妻的「十年生死兩茫茫」，友愛蘇轍的「與君世世為兄弟」都是如此。

【25】詠黃庭堅

◆ 陳文岩

蘇門學士首稱君，立派江西[1]更出群，
急欲脱胎推拗體[2]，卻從意趣讓三分。

◆ 秦嶺雪：

蘇門四學士，蘇軾最看重黃庭堅，以平輩才士視之；但黃庭堅卻終生師事蘇軾，非常崇敬。古人以道義交，風範長存，令人懷想。

黃庭堅有詩一千九百多首，略少於東坡。宋代「蘇黃」並稱，而黃庭堅後來更

1 黃庭堅創江西詩派。
2 黃庭堅詩多拗句。

為江西詩派奉為宗主，影響所及漫衍到民初詩壇。

黃庭堅論詩，最重要的是這幾句：「老杜作詩，退之作文，無一字無來處。蓋後人讀書少，故稱杜、韓自作此語耳。」「古之能為文章者，真能陶冶萬物，雖取古人之陳言入於翰墨，如靈丹一粒，點鐵成金也。」

杜詩盡多直道當時語。「無一字無來歷」顯然不符合事實。「點鐵成金」就有

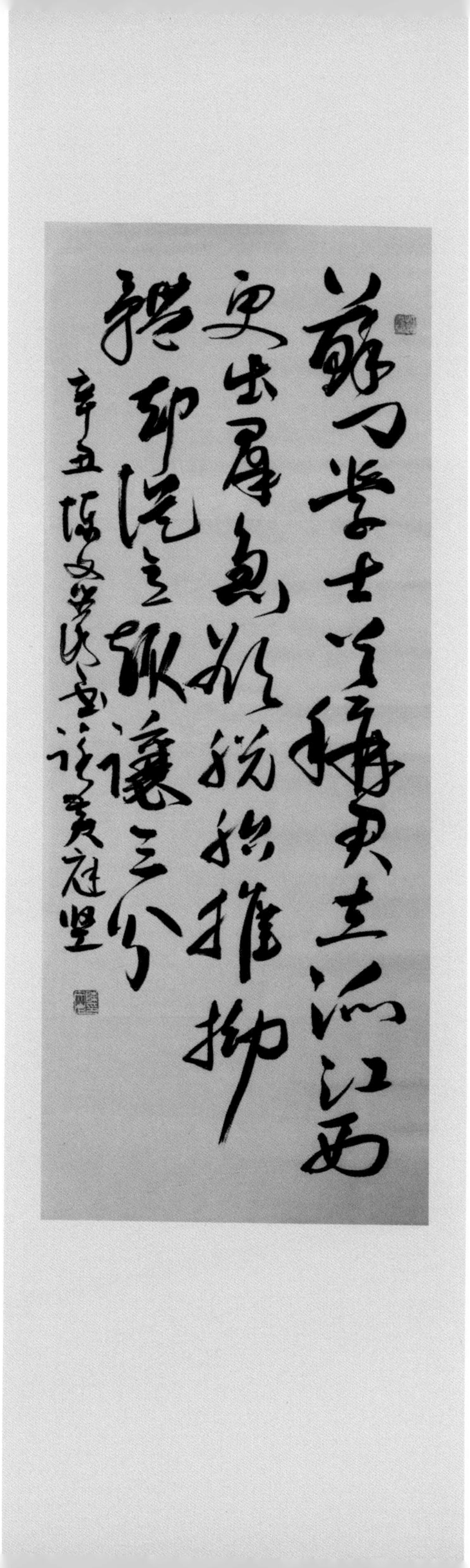

許多講究。包括字詞與作意的翻新，此中盡有成功的例子，可列為教科書。然黃的作法多半是籠括前人詩意。如《秋思寄子由》之「老松閱世臥雲壑，挽着滄江無萬牛」，即是從杜詩「雲壑布衣鮐背死」「萬牛回首丘山重」而來；另一首「別來頭並白，相見眼終青」，又是從杜詩「江山萬里頭俱白，骨肉十年眼終青」化出。這就不免拾人牙慧。黃庭堅又好用典故，著名的七律《寄黃幾復》：「我居北海君南海，寄雁傳書謝不能。桃李春風一杯酒，江湖夜雨十年燈。持家但有四立壁，治病不蘄三折肱。想得讀書頭已白，隔溪猿哭瘴溪籐。」分別用《左傳》《漢書》《史記》的典故，又化用了李白、杜甫、李商隱、柳宗元的詩句。寫詩贈一個姓郭的朋友，連用五典，將郭氏家族請來作陪。評者謂搜史作文，炫耀才學。因此註黃也成為學問家的熱門功課，一註再註，一補再補。錢鍾書的《談藝錄》就用了五十五頁來糾正前人的錯失。看來，要讀懂《山谷集》，宜先進甚麼書院精舍深造一番。

關於拗句。這是杜甫的創造。現存杜詩，律體九百多首，幾佔全部作品三分之二。而夔州之後約四百首，杜之拗句即產生於這一時期。杜甫自註：「效吳體」。所謂拗句就是平仄不全合律的句子。如《愁》：「江草日日喚愁生，巫峽泠泠非世情。盤渦鷺浴底心性？獨樹花發自分明！十年戎馬暗萬國，異域賓客老孤城。渭水秦山得見否？人今罷病虎縱橫！」此詩除結尾一句，其餘七句全不入律，而且不注意黏對。（見莫礪鋒：《杜甫評傳》）對於「晚節漸於詩律細」的老杜，拗句乃有意為之。或因題生意，或一時興起，想自由化一下，難以考究。其藝術後果，則為古人所評：「有疏斜之致，不衫不履。」或者竟是「筆勢迴旋，頓挫闊達，縱橫如意，不流於直致，一往易盡。」如江水暢流，稍泛波瀾，放幾塊大石，有些激盪，有幾朵浪花，就耐人尋味。

關於黃庭堅的拗句，霍松林教授說黃庭堅主張「寧律不諧而不使句弱」，他不諧律是有講究的。方東樹就說他：「於音節中尤別創一種兀傲奇倔之響，其神氣即隨此可見。……此詩（指《寄黃幾復》）『持家』句兩平五仄，句中順中帶拗，其兀傲的句法與奇倔的音響，正有助於表現黃幾復廉潔幹練、剛正不阿的性格。」

音律與詩意是一對互相依存的矛盾。究竟是聲從義，還是意趨聲？用現在的話來說，應該具體問題具體分析。但對聲律的講究可以促進詩意的深化和字詞的優化，則是許多舊體詩人的切身體驗。唯講究過甚，又有諸多流弊，毋庸贅言。

【26】詠秦觀

◆ 陳文岩

格調嚐來如酒醇，蘇門婉約自稱尊，

含苞花作女兒態，一闋鵲橋唱斷魂[1]。

1 秦觀《鵲橋仙》詞：兩情若是久長時，又豈在朝朝暮暮。

梅调浮身水涯薄苏门
娆知月转旁无芝花心女
觉悲一霜静梅足以读观
辛丑陈文义书李白诗观

◆秦嶺雪：

秦觀是當時的流行曲名家。時稱「秦七黃九，當代作手」。而秦觀勝於黃山谷，這也是共識。秦觀追隨東坡，是為蘇門六君子之一。蘇軾對他也很親厚，自己逆境中過金陵，還託王安石為之延譽。秦觀卅八歲，困守場屋廿年後才中舉，與此不無關係。但秦觀作詞，上承南唐，近受柳永影響，走的不是蘇詞的路子。所以東坡委婉地批評他「學柳七作詞」。秦觀政治上受蘇軾牽連，生命的最後十年一直在貶謫途中，身心俱疲，終於死在廣西籐縣，當時的蠻荒之地。死前不久有幸與從海南島放歸的蘇軾見上一面。宋代黨鬥對政敵的處置非常嚴酷，官職、薪俸一風吹。飲食粗劣，住破屋，形同監管。我想蘇、秦劫後重逢，必然長歌當哭，動天地而泣鬼神。

秦觀的《淮海集》存詞七十七首，多半寫豔情。其體制是長調與小令參半。量不多卻卓然大家。當代的《宋詞百首排行榜》秦觀有五首入列。分別是：《踏莎行》（霧失樓臺）、《鵲橋仙》（纖雲弄巧）、《滿庭芳》（山抹微雲）、《千秋歲》（水邊沙處）以及《望海潮》（梅英疏淡）。以前三首最為人傳頌。

《踏莎行》詞曰：「霧失樓臺，月迷津渡。桃源望斷無尋處。可堪孤館閉春寒，杜鵑聲裏斜陽暮。　驛寄梅花，魚傳尺素。砌成此恨無重數。郴江幸自繞郴山，為誰流下瀟湘去。」

「失」、「迷」寫出淒美的境界。這是秦少游的拿手好戲。桃源、驛站，都用典，淺顯易解，如同己出，不必查書。一路清淺，到了「砌成此恨無重數」方用重鎚，文勢大振，這就引出結拍兩句。江水自流並不為誰。以此作結即是以無限的鬱結拷問大自然。為誰？為誰？我們彷彿聽到河谷中一聲聲吶喊。其無奈，其沉痛，其欲訴無由，縈繞在山水之間。綠水長繞，青山常在，水又何其有幸！山容水態，離情別緒寄託着濃重的身世之感，這就不同於一般的傷別之作，大大提高了作品的境界。

更有名的是《鵲橋仙》。詞曰：

「纖雲弄巧，飛星傳恨，銀漢迢迢暗度。金風玉露一相逢，便勝卻人間無數。柔情似水，佳期如夢，忍顧鵲橋歸路。兩情若是久長時，又豈在朝朝暮暮。」

蘇軾「明月幾時有」是中秋詞的絕唱；秦觀的「纖雲弄巧」是七夕詞的絕唱，堪稱宋詞雙璧。

此詞之高處在出俗。在「詞為豔科」的北宋，這是一陣清風，一聲玉笛。

何等艱難方得一會，而此會勝過人間無數。此處借牛女相會，為下半闋作勢。而「勝卻」兩字已逗露若干信息。下拍寫「別」、「忍顧」是普遍的人性，誰不依依？伴隨着這傷別意緒的竟是一聲巨響！這一聲提高了愛情的內含，提高了人的精神境界。將世俗的男歡女愛提升到以心相許，精神相通的高度，唱出了苦戀一族的普遍心聲。傷別，本是感情的陰暗面，所謂「黯然銷魂」者。然而，秦觀這天才的歌唱卻令離情別緒煥發詩意的光輝，將殘缺昇華為完美。這就是筆補造化。

秦觀又被稱為「山抹微雲學士」。宋代詞人多有因一妙句而名噪天下者，如「紅杏枝頭春意鬧尚書」「張三影」等等。論者又舉出「亂分春色到人家」「破曉輕風，弄晴微雨」這樣一些句子說秦觀的語言典雅而平易，清麗而自然，平淡中見功夫。用語用詞的特色加上善用比興、擅於造境、少用典故就構成了柔婉清麗的風格，用他自己的詞句來形容就是「柔情似水，佳期如夢」。

秦觀的小詩也很令人喜歡。如《秋日》：「菰蒲深處疑無地，忽有人家笑語聲。」「風定小軒無落葉，青蟲相對吐秋絲。」都很清雅且富生活氣息。

《春日》：「一夕輕雷落萬絲，霽光浮瓦碧參差。有情芍藥含春淚，無力薔薇臥曉枝。」

這首詩引起元代大批評家元好問的非議，說是「女郎詩」。也有人說他「詩如小詞」。錢鍾書先生說：「時女遊春的意境未必不好，藝術之宮是重樓複室、千門萬戶，決不僅僅是一大間敞廳。」

【27】詠周邦彥

陳文岩

創調才多創意少，霜寒馬滑誰知曉[1]，
詞壇盡許正宮商，格局終歸高不了。

◆ **秦嶺雪：**

周邦彥首先是音樂家。宋徽宗讓他提舉大晟府，是官方的音樂主管。本人善創調製曲。著名的《六醜》《玲瓏四犯》就是他的作品。能融合多種曲調的妙處，既難唱又好聽。我想這就是所謂的「尖新」吧。

《詞譜》明代已軼，我們無法想像當時詞壇競逐管弦的情景。但詞是依樂而填

1 周邦彥詞：「低聲問，向誰行宿，城上已三更，馬滑霜濃，不如休去，直是少人行。」野史謂周邦彥碰上宋徽宗幽會李師師而填此詞。

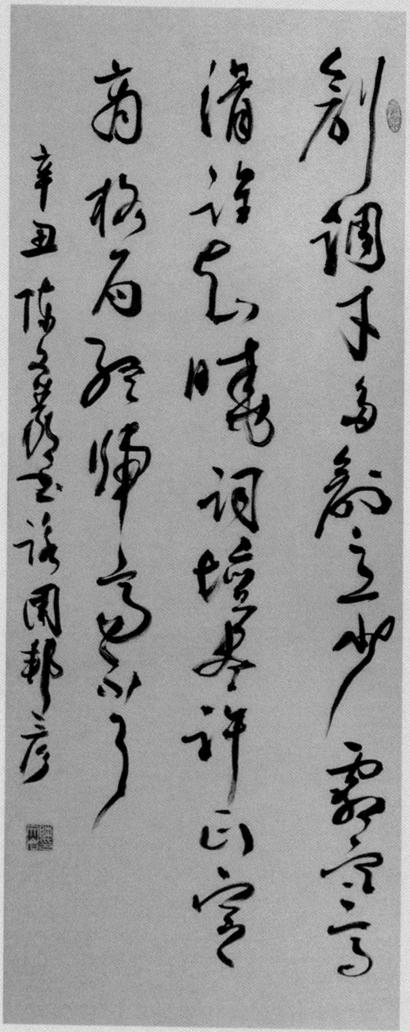

的，每個字都講究。首先是音節，不僅四聲，每聲還分陰陽；再來是詞義，有多種風調，有各種取向，或雅或俗，或豪或婉，也很費斟酌。這同詩言志直抒胸臆完全是兩種不同的創作路子。因此，要讀懂周邦彥一類作手的詞，首先要明白詞是依譜而填，這裏頭有太多的作意，有許多技巧。所謂作，就是不那麼自然天成。

周邦彥善於隱括前人詩句入詞。如眾人盛譽的《西河．金陵懷古》：「……山圍故國繞清江……怒濤寂寞打孤城……斷崖樹，猶倒倚。莫愁艇子曾繫。空餘舊跡鬱蒼蒼，霧沉半壘。夜深月過女牆來，傷心東望淮水。……燕子不知何世。入尋常、巷陌人家，相對如說興亡，斜陽裏。」全是化用劉禹錫名作《石頭城》《烏衣巷》而成。《滿庭芳》起首「風老鶯雛，雨肥梅子，午陰嘉樹清圓」，三句就隱括了杜牧、杜甫、劉禹錫三首詩。所以讀周郎我們得時時留心他句子裏埋伏的古典。又如《鎖窗寒》之「灑空階，夜闌未休」一句看起來很平常，但研究家指出原來源於溫庭筠的「一葉葉，一聲聲，空階滴到明」。如此寫法，也可稱為點鐵成金。但通讀全詞，並無新意，只是一種氛圍，一種情緒。這本是讀書人的尋常伎倆，但遇到「周粉」就句句珠玉，甚麼「氣勢沉雄」「蒼涼悲壯」，推為絕唱。

讀周邦彥詞，我們可以悟到寫詞有二途，即「創」與「編」。「創」是自琢新詞、自抒胸臆；「編」是在前人清詞麗句中翻筋斗，騰挪變化。就像當下的時代曲，毛寧唱的「月落烏啼……」。

周邦彥不是那種重感受，激情澎湃的作家。幾乎沒有特別激動人心的句子。他的優點是善於鋪敘，有頭有尾，有時彷彿隱隱約約地講故事。在他手中，作詞如作文（葉嘉瑩先生說如作賦）。先將各種資料羅列，古今有關典故，所處環境內外景致，加上自身一段經歷，幾許愁緒，然後由古及今，由外及內，由他人（主要是歌妓）到自己，一一道來。但他不像柳永那樣直截了當，平鋪直敘。常常使用逆入、跳轉、倒置等手法，恍如電影的蒙太奇。論者謂「在現在、過去、將來的時空鏈條上行繞變幻」，造成一種參差錯落，朦朧暗碧的藝術感，頗為耐人尋味。

讀清真詞，讀其婉曲心緒可矣。

有人用繪畫來比附清真詞，說作者善於勾勒和皴染。皴染就是反覆着墨，務使盡意。這是一種遞進式的層次美。如他的名作《蘭陵王．柳》，詞分三片，每片有兩層意思。由景及人，由己及於遠行者，後又回到自身，忽又想及友人前事。隨着鏡頭的轉換，離情別緒漸見濃重，頗有曲徑通幽之妙。這首詞在宋紹興年間很流行，常用來作道別曲如《陽關三疊》，原詞如下：

「柳陰直。煙裏絲絲弄碧。隋堤上，曾見幾番，拂水飄綿送行色。登臨望故國。誰識。京華倦客。長亭路，年去歲來，應折柔條過千尺。

閒尋舊蹤跡。又酒趁哀弦，燈照離席。梨花榆火催寒食。愁一箭風快，半篙波暖，回頭迢遞便數驛。望人在天北。

悽惻。恨堆積。漸別浦縈迴，津堠岑寂。斜陽冉冉春無極。念月榭攜手，露橋聞笛。沉思前事，似夢裏，淚暗滴。」

王國維說：「美成深遠之致不及歐、秦。唯言情體物，窮極工巧，故不失為第一流之作者。但恨其創調之才多，創意之才少耳。」

【28】詠李清照

陳文岩

尋尋覓覓[1]出新奇，千古猶尊漱玉詞，
心上眉頭[2]分底事，都緣一點女兒思。

1 李清照《聲聲慢》詞：尋尋覓覓，冷冷清清，悽悽慘慘戚戚。
2 李清照詞：一種相思，兩種閒愁，此情無計可消除，才下眉頭，卻上心頭。

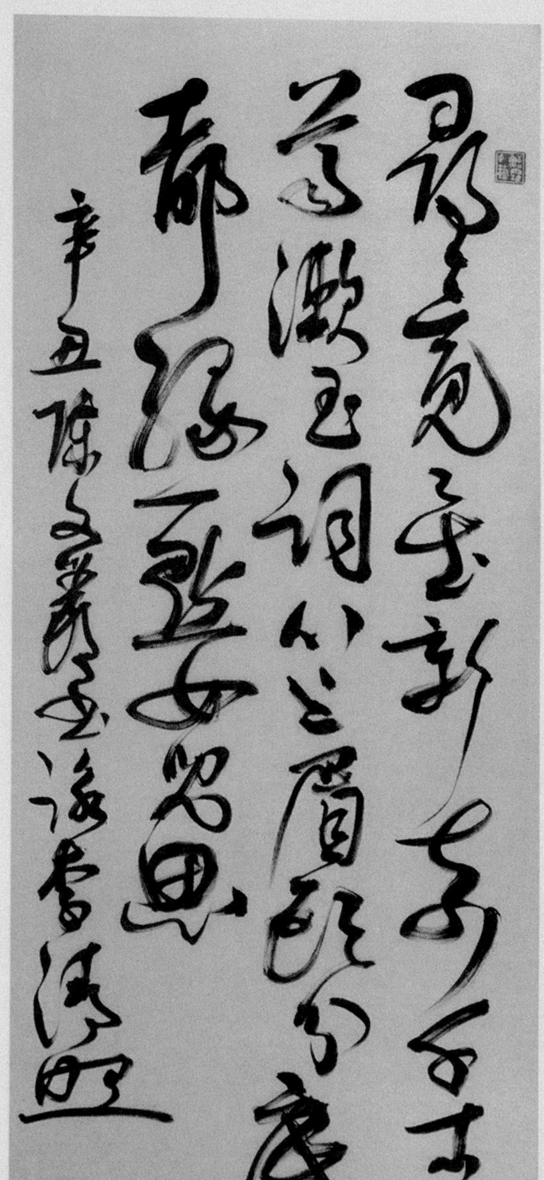

最[illegible]新[illegible]千古[illegible]

[illegible]微玉詞[illegible]之眉[illegible]度中

都緣[illegible]女思

辛丑陳文[illegible][illegible]書[illegible]

◆秦嶺雪：

讀李清照易安居士，如果只知道「尋尋覓覓，冷冷清清……」那就太虧了。

須知，她有家國之思，對靖康之難是何等痛心疾首。有詩曰：「生當作人傑，死亦為鬼雄，至今思項羽，不肯過江東。」慷慨激昂不讓陸游、辛棄疾。

須知，她還有氣魄宏大可比美李太白的《題八詠樓》：「千古風流八詠樓，江山留與後人愁。水通南國三千里，氣壓江城十四州。」

須知，她還有長歌當哭，記述她與丈夫趙明誠收藏金石書畫如何得而復失。經歷時代動亂，又如何樂而後哀。不勝人琴之痛的血淚文字《後金石錄序》，此文可與其父李格非的《洛陽名園記》並立於宋代散文之林。

須知，她更是中國文學批評史上第一位女學者。她的《詞論》迄今為文學史家所稱引。我們重視的不只是她的學術見解，筆者更欣賞她的氣度，她的「理論自信」。她批評柳永「詞語塵下」；說張先、晏殊「破碎何足名家」；說蘇軾「皆句讀不葺之詩爾」；還說秦觀「雖妍麗豐逸，而終乏富貴態」。北宋詞壇諸大家竟無一位能入法眼者。

這裏還沒有提及，因「元祐黨人」案，她的家翁趙挺之對其父李格非被列入元祐黨人籍未施援手，一怒而歸娘家三年。更未説及她因錯嫁張汝舟備受虐待，上書翰林學士狀告其夫要求離婚的種種故事。

總之，這是一位出身官僚家庭的貴族婦女，與當時的名流高官都有交往。她的詩文在當世就廣為人知。

當然，最重要的是她為婉約大家，與李後主並稱為「兩李」。後世有學者以她倡導「詩莊詞媚」而未能在詞中表達恢復之志為憾。如果真是這樣，還有我們今天尚兀自談論不休的李清照嗎？

她是中國文學史上第一位掌握了女性話語權的女作家。她能夠而且敢於直率地、大膽地在她美麗的詞章中抒發少女的歡樂和期待，少婦的相思與愁怨，以及國破家亡的深刻哀傷。不是謝道韞的偶露崢嶸，也不是蔡文姬的哀哀無告。她是自信的，「何須淺碧輕紅色，自是花中第一流」；她是歡樂俏皮的，「興盡晚回舟，誤入藕花深處，爭渡爭渡，驚起一灘鷗鷺」「和羞走，倚門回首，卻把青梅嗅」。而在婚後，她對夫婿趙明誠傾注了滿懷柔情：「多情自是多沾惹，難拚捨」「眼波才轉被人猜」，更不必説眾口喧傳的「此情無計可消除，才下眉頭，卻上心頭」。在一千年前的封建社會，這真有點石破天驚追求個性自由的色彩。當然，我們更記得她的落寞，她的悲慘。「夢斷不成歸」「寶篆成空」「梧桐更添細雨，到黄昏點點滴滴，這次第，怎一個愁字了得？」「如今憔悴，風鬟霧鬢，怕見夜間出去，不如向簾兒底下，聽人笑語。」真是情何以堪！

李清照《詞論》中所提出的協律、鋪敘、故實、情致是詞的本體要求，不是區分婉約與豪放的標準。

所謂婉約應該是不那麼直白，委婉言之，有點蘊藉，或借景言情，或賦物寄意。心思比較細密，用詞比較雅淡，營造一種清冷的氛圍，表達一種幽約而又真切的情思。李清照賦予離情別緒種種美麗的藝術形態。或是一葉舴艋舟，或是一扇昏黑的窗戶，或是一枝黄菊，或竟然是默默無言的木樨花。或者又是一聲嬌嗔，一句巧語。既玲瓏又有溫度，似乎觸手可及。

李清照最出色的當然是她的語言藝術。清朝人稱她「用淺俗之語，發清新之思」。她入選當代《宋詞百首排行榜》的十首詞，包括《聲聲慢》《如夢令》《一剪梅》等等名作基本不用典。有之，也是把菊東籬、陽關、武陵、九萬里風鵬這些為人熟知的故實。她也喜用雙聲，也常以尋常語入詞。她打造一種比較淺近而又不涉鄙俗，本色而又非常個性的語言。她不說「花落知多少」而說「綠肥紅瘦」；不盼望「彩線慵拈伴伊坐」，而是嘆息「新來瘦，非干病酒，不是悲秋」。她的創造才華當時就很令人驚嘆。明代的張丑竟說：何物老嫗，生此寧馨兒。追溯到李清照令堂大人那裏去了！

【29】詠岳飛

陳文岩

將軍一怒髮衝冠[1]，不搗黃龍誓不還，

屈死焉知千載後，衝冠一怒為紅顏[2]。

◆秦嶺雪：

岳飛忠而見殺，千載以下令人扼腕嘆息。當時的編修官胡銓就上書皇帝，要求斬秦檜以謝天下。現代人遊西湖，拜岳廟，總要上一炷香，磕一個頭，也不會忘記向長跪在牆角的奸賊吐一口唾沫。

這就是民意，就是民間的道德標準。

1 岳飛《滿江紅》詞句：怒髮衝冠。

2 吳偉業《圓圓曲》寫吳三桂「衝冠一怒為紅顏」。

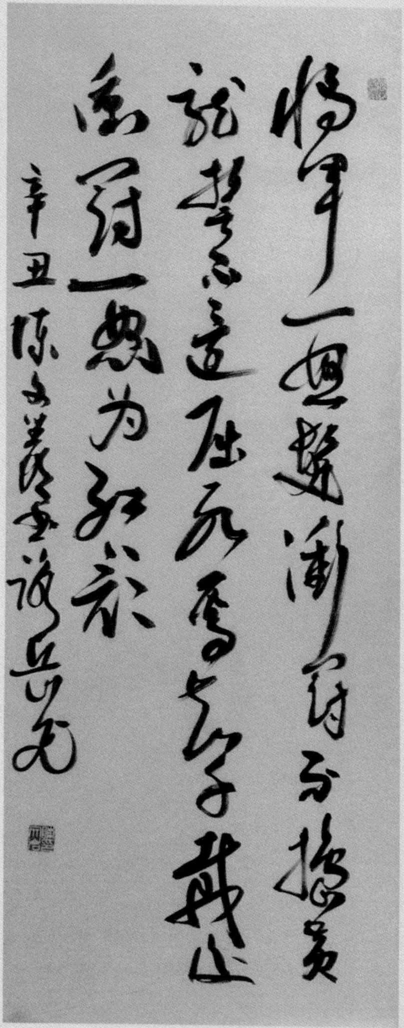

當民族危難之時，有多少壯士吟着這首詞浴血奮戰，演出多少可歌可泣的故事！它的精神力量是無窮的，歷代愛國詩詞甚多，《滿江紅》無疑是首選。

岳飛的生平，岳母刺字的故事大家耳熟能詳。在特殊的時代背景下，精忠報國的種子很早就深植心底。岳飛由小軍官做到統帥。他廉潔奉公，不置私產，與當時腐敗的士大夫官僚形成鮮明的對比。不僅忠貞，以恢復國土為己志，而且寡欲。對於高官、大將這些國之干城，個人的道德修養極為重要。一貪財好色就失去脊樑骨，很容易墮落成民族的罪人。明末吳三桂手握重兵，也曾呼嘯戰場，終因「衝冠一怒為紅顏」，開關縱敵，成為民族的罪人，被釘在歷史恥辱柱上。吳偉業的《圓圓曲》是這樣寫的：

「鼎湖當日棄人間，破敵收京下玉關。慟哭六軍俱縞素，衝冠一怒為紅顏。」「鼎湖」喻崇禎皇帝，「敵」指李自成。國破家亡之際，衝冠一怒者，為一紅顏也。據說，吳三桂曾託人以重金請易「衝冠」一句，吳偉業卻之。還有更尖刻的：「若非壯士全師勝，爭得蛾眉匹馬還？……妻子豈應關大計，英雄無奈是多情。全家白骨成灰土，一代紅妝照汗青。」

天崩地裂之際，心中最重唯一歌妓，這也是一種情懷。據說，抗戰之時，偽軍數量多於日本兵，這些帶兵者心中除了權勢金錢，可能也有一位陳圓圓。

讓我們誦讀岳武穆的《滿江紅》：

「怒髮衝冠，憑欄處、瀟瀟雨歇。擡望眼，仰天長嘯，壯懷激烈。三十功名塵與土，八千里路雲和月。莫等閒、白了少年頭，空悲切。　靖康恥，猶未雪。臣子恨，何時滅！駕長車，踏破賀蘭山缺。壯志飢餐胡虜肉，笑談渴飲匈奴血。待從頭，收拾舊山河，朝天闕。」

開筆見情志，伴隨一聲長嘯，天地為之低昂。

然而壯志未酬，髮已星霜。一個對句拉開時空，將悲切之情寫盡。接下來是短促的句子，如同鼓點，如同急驟的蹄聲，直奔主題。「靖康恥，猶未雪。臣子恨，何時滅！」字字沉重似鐵。「壯志、笑談」對句，何等激越，何等自信，何等英偉特立。山河重光之日，又是何等歡欣鼓舞啊！

這是抵禦外侮的鏗鏘誓言，這是愛國主義的高昂樂章。

岳飛之所以遇害，完全是因為沒能參透皇帝想降金，一味苟安享樂的心思。秦檜夫婦靖康之變也曾被俘虜北上，後來降金，又混了回來，成為奸細。他的「南自南，北自北」，即南北分治的策略完全迎合了皇帝的需要，所以史書說他「逢其欲也」。沒有趙構授意，秦檜不可能自作主張殺掉岳飛父子。西湖岳廟少了一個罪魁禍首——宋高宗！

清代袁枚謁岳王廟有詩云：「靈旗風捲陣雲涼，萬里長城一夜霜。天意小朝廷已定，那容公作郭汾陽。」郭汾陽者，唐代平安史之亂的郭子儀也。

岳飛還有一首《小重山》，寫獨自在月光下徘徊的惆悵心情。詞格不像《滿江紅》那樣豪放，表達的仍是恢復之志：

「昨夜寒蛩不住鳴。驚回千里夢，已三更。起來獨自繞階行。人悄悄，簾外月朧明。　白首為功名。舊山松竹老，阻歸程。欲將心事付瑤琴。知音少，弦斷有誰聽？」

【30】詠陸游

陳文岩

老去也知萬事空[1]，沈園猶憶瞥驚鴻[2]，

滿腔熱血灑何處，都在漫天風雪中[3]。

◆秦嶺雪：

錢鍾書先生在《宋詩選注》裏說：「愛國情緒飽和在陸游整個生命裏，洋溢在他全部作品中。他看到一幅畫馬，碰到幾朵鮮花，聽到一聲雁唳，喝幾杯酒，寫幾行草書，都會惹起報國仇，雪國恥的心事，血液沸騰起來，而且這股熱潮衝出了他

1 陸游詩：死去原知萬事空，但悲不見九州同。

2 陸游詩：傷心橋下春波綠，曾是驚鴻照影來。

3 陸游詩：鐵馬冰河入夢來。

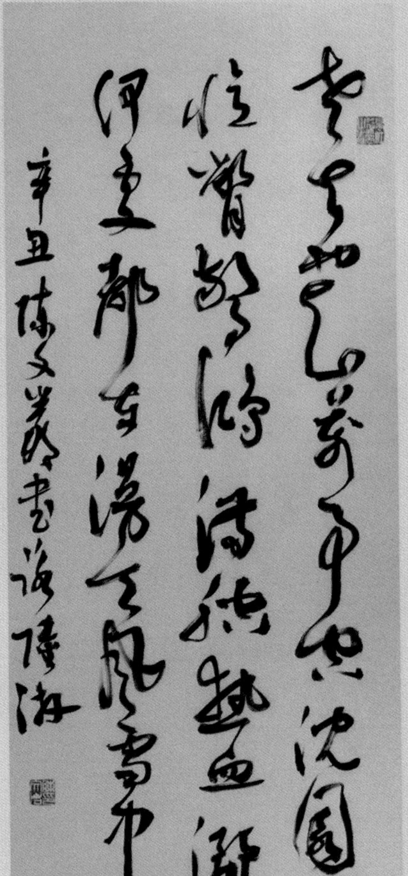

白天清醒生活的邊界，氾濫到他夢境裏去。」

掃胡塵，靖國難，已經成為陸游精神活動的主旋律。一觸及就興奮，就橫刀躍馬。在想像中，「雪中急追奔馬跡，官軍夜半入遼陽。」「獸奔鳥散何勞逐，直斬單于釁寶刀。」還有，就是恢復國土的信念至死不渝。當時，士大夫中間主戰與主和的鬥爭十分激烈。有的立場改變了，消極退隱了，陸游卻是老而彌篤。儘管被排斥多年，浩氣愈見激越。所以錢先生說他「痛切」。在歷代詩人中，未曾見過。

陸游的執着深情還表現在他的愛情生活裏。幾十年來，《釵頭鳳》戲劇屢演不衰，後來更衍生了《唐婉》等創作。陸放翁關於沈園的一詩一詞，可謂膾炙人口，婦孺皆知。《沈園二首》及《釵頭鳳》一闋的主要特色也是痛切。「錯！錯！錯！」「莫！莫！莫！」聲聲震撼，血淚交迸。而「傷心橋下春波綠，曾是驚鴻照影來」，朝思暮想就定格在這瞬間。「此身行作稽山土，猶弔遺蹤一泫然」更讓天下有情人同聲一哭。陸放翁七十五歲作此詩，離婚變已經四十餘年。他無須表白甚麼，這是真情流露不能自已。不管他事發之時如何無奈，如何缺少勇氣抗爭。也不管他之後如何娶妻納妾，他夢斷香消的失落感是深切的。這一詩一詞是愛情缺憾的斷腸之作。可以說，在後世詩集裏，再也沒有看到。

《劍南詩稿》有九千多首，為歷代著名詩人之最。他說「詩在功夫外」，又說「詩在山程水驛中」，這就與江西詩派劃清了界線。他是詩翁，又不甘心只作詩人。那首著名的《劍門道上遇微雨》，那位騎在驢背上自我調侃的遠遊客留下來多麼鮮明的形象。錢鍾書先生指出，陸游不僅學杜甫，也向李白和白居易取法。或許因為作品太多，力量分散了，我們覺得他的律詩沒有老杜沉鬱，歌行缺乏李白的放逸，反而語言的淺白切近有時近乎白居易。我們讀他的從軍詩，或可稱為當時的邊塞詩，總覺得情緒高昂而詩句並不警拔，沒有高適岑參的骨力。放翁的七律也常見只一二聯精彩，因此，通常被用來裝點書房、客廳，成為楹聯。

錢先生還指出，陸游的作品還有另一面，是「閒適細膩，咀嚼出日常生活的深永的滋味，熨貼出當前景物的曲折的情狀。」其中，作於中歲的《遊山西村》與《臨安春雨初霽》可稱名作。前者的「山重水復疑無路，柳暗花明又一村」，從哲理高度概括了自然與社會人生的普遍規律，饒有「道路是曲折的而前途是光明的」之意味，常為人引用；後者的「小樓一夜聽春雨，深巷明朝賣杏花」，寫出個人閒適的暫時滿足的情懷，又畫出城市一角無比美麗的風情。猶記髫齡，在我居住的南方小城，清晨種花農婦入城，一聲聲清脆的賣花聲迴盪在暖暖的春風裏，是何等的溫馨！

放翁還是詠梅高手，一樹梅花一放翁，《劍南詩稿》詠梅之作有一百六十多首。《卜算子》一闋因毛澤東唱和，反其意而用之，影響十分深遠。抄錄如下：

陸游：「驛外斷橋邊，寂寞開無主。已是黃昏獨自愁，更著風和雨。

無意苦爭春，一任群芳妒。零落成泥碾作塵，只有香如故。」

毛澤東：「風雨送春歸，飛雪迎春到。已是懸崖百丈冰，猶有花枝俏。

俏也不爭春，只把春來報。待到山花爛漫時，她在叢中笑。」

【31】詠范成大

◆陳文岩

農家活是自家詩，寡味嚐來淡亦滋，
可惜平鋪唯樸素，清新未及竹枝詞。

◆秦嶺雪：

范成大曾任高官，做到方面大員（制置使）、副宰相。陸游曾是他的下屬。致仕後，隱居江南水鄉蘇州的石湖，不愁衣食，吟賞風月，著名詞人姜夔也成了范家清客。姜的名作《暗香》《疏影》就是應石湖的要求製譜的。

但范成大的《催租行》《後催租行》揭露官府盤剝農民，致使農家破產，賣女償租賦的慘狀。他的《詠河市歌者》《雪中聞牆外鬻魚菜者求售之聲甚苦有感》，

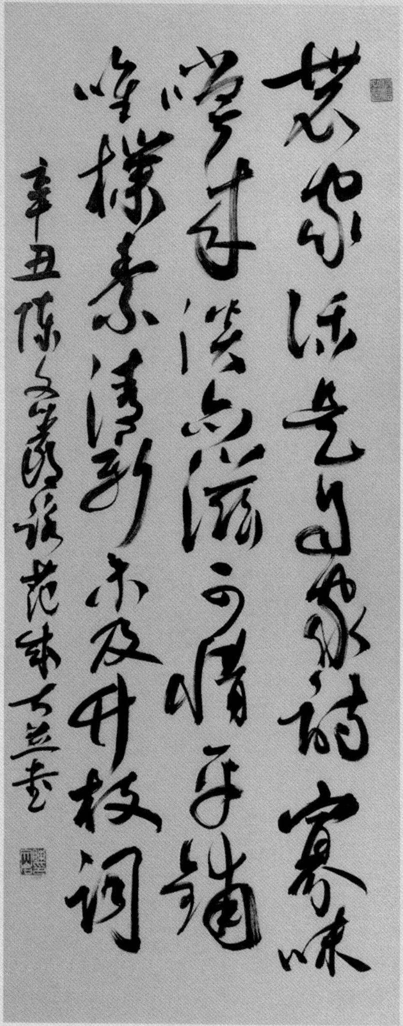

對於處在飢寒交迫境地的下層群眾寄予深厚的同情。他出使金國，寫了《州橋》：「忍淚失聲詢使者，何時真有六軍來？」表達了淪陷區人民渴望恢復的愛國之心。這一些作品都很受重視。

最能表現他風骨的是七絕《會同館》：「萬里孤臣致命秋，此身何止上漚浮！提攜漢節同生死，休問羝羊解乳不？」

公元一一七〇年范成大受命出使金國，行前，皇帝問他怕不怕，他答道：「臣已立後（指後嗣）仍區處家事，為不還計，心甚安之。」真有視死如歸的決心。這首詩是聽到金國要拘留他時寫的，正氣凜然。同是出使金國的詩人朱弁被拘十五年，我們聽到的卻是「詩窮莫寫愁如海，酒薄難將夢到家」這樣淒涼的嘆息。

范成大的七律比絕句遜色。他似乎沒有甚麼耐心雕章琢句，經營結構，起句往往顯得很隨意。如：「千峰萬峰巴峽裏，不信人間有平地。」又如：「曉霧朝暾紺碧烘，橫塘西岸越城東。」「紺碧烘」三字就很生硬。而中間的對句常是即目所見，輕易下筆。如「拄杖前頭雙雉起，浮圖絕頂一雕盤」，略無餘味可尋。倒是他的一些絕句，清新明麗，含蓄低迴，令人喜愛。如《橫塘》：「南浦春來綠一川，石橋朱塔兩依然。年年送客橫塘路，細雨垂楊繫畫船。」又如《重陽後菊花》：「寂寞東籬濕露華，依前金靨照泥沙。世情兒女無高韻，只看重陽一日花。」

范成大注重生活細節，工於白描。入蜀道路艱難：「牽前帶相挽，縋後衣盡綻。」「側足三分垂壞磴，舉頭一握到孤雲。」「健倒輒尋丈，徐行僅分寸。」等等令人目眩心驚。他最出色的作品當然是《四時田園雜興》六十首。

范成大沒有「躬耕南畝」，他不是勞作者，但他長期生活在風光秀麗的石湖，無躁進之心，有尋幽之興。他觀察，他體味，自然美陶冶着他，農村四時的變化，農民的喜怒哀樂牽動着他，於是他以清新樸素的畫筆留下一千年前江南水鄉鮮活的景致。

錢鍾書先生指出：「到范成大的《四時田園雜興》六十首才彷彿把《七月》《懷古田舍》《田家詞》這三條線索打成一個總結，使脱離現實的田園詩有了泥土和血汗的氣息。……田園詩又獲得了生命，擴大了領地，范成大就可以跟陶潛相提並論，甚至比他後來居上。」（《宋詩選注》）

陶潛的田園詩寫了歸耕隴畝的喜悦，寫了勞動生活的艱辛，寫了鄉村的質樸美麗，最後歸結到對自然和人生的思考，注重隴畝民的安定閒適，樂天知命。內容從勞動過渡到隱逸，頗有以自然證理的味道。因此，也可以説陶的田園詩是主觀的、理性的。而范成大的四時雜興卻是真切鮮活地、客觀地再現了農村生活的一些場景。雖然也寫了官府對農民的掠奪，但更多是描寫田園的美麗風光，農民的辛勞和快樂，也表達了作者歸隱的喜悦。因此，它是寫實的，也是言情的。如下面一些詩句：

「鄰家鞭筍過牆來」「新漲看看拍小橋」

「雞飛過籬犬吠竇，知有行商來買茶。」

「老翁欹枕聽鶯囀，童子開門放燕飛。」

「童孫未解供耕織，也傍桑陰學種瓜。」

「笑歌聲裏輕雷動，一夜連枷響到明。」

都能引起讀者親切的回憶。

【32】詠楊萬里

陳文岩

名與石湖相並提，誠齋高壓石湖低[1]，

自然活潑無生字，信手拈來即點題。

1 楊萬里號誠齋，范成大號石湖。

名與石湖相並提誠齋
高壓石湖低自[illegible]活潑
發生字[illegible][illegible]拈[illegible][illegible][illegible]題

辛丑陳[illegible][illegible]書
詠楊萬里

◆秦嶺雪：

被後人列為南宋四大家的陸游、范成大、楊萬里、尤袤是同時人。他們都主張恢復，都同情貧苦大眾，可說是聲氣相通。他們詩集中也有不少彼此唱和之作。楊萬里有一首很輕易的詩，詩題《五更過無錫縣寄懷范參政、尤侍郎》，寫他錯失會晤的惆悵之情，可以看出他們之間的關係。

論到詩，嚴羽《滄浪詩話》列宋代七體，即東坡、山谷、後山、荊公、邵康節、陳簡齋、楊誠齋體，范石湖不與也。楊的「活法」當時很有名，一直到清末民初，還有詩壇大腕總結他的藝術經驗，說平常作手只有一折，而誠齋狀物寄意多至三折云云。詩壇的名頭，楊一直高於范，儘管范的官大。

體，就是風格，而風格是藝術家成熟的標誌。

以拳喻詩，楊是太極；以酒喻詩，楊是青梅；以畫喻詩，楊是水彩。輕柔、明麗，似不甚着力而自有功夫在。

楊萬里五十二歲才創新體，之前的十六年間，費了許多力氣才做了五百首；而徹悟之後十四個月，詩思紛至沓來，做了四百多篇。他本是學江西詩派的，講究使事，講究無一字無來歷，講究僻、拗。此時如陰霾盡去，東風勁吹，歡欣鼓舞矣。

其實，這也是物極必反。沒有江西詩派的折磨，也就沒有楊萬里的解放。他的自述很有意思：「戊戌三朝，時節賜告，少公事，是日即作詩，忽若有寤。於是辭謝唐人及王、陳、江西諸君子，皆不敢學，而後欣如也。……自此每過午，吏散庭空，即攜一便面（扇子），步後園，登古城，採擷杞菊，攀翻花竹，萬象畢來，獻予詩材。蓋麾之不去，前者未讎而後者已迫，渙然而未覺作詩之難也。」這段話可以作為文藝來源於生活的註腳。

當然這只是由埋頭書本而面向生活的一種創作態度。要成就楊誠齋體還需要有必要的藝術手段。首先，要有赤子之心，摒除同客觀世界的種種隔閡。其次，要有敏感之心，開放全部感官捕捉各種鮮活的意象。其三，要有深摯之情，熱愛生活，熱愛大自然，將個人的情感傾注其中。如此，再選擇尖新活潑、充滿生機的詞語，靈活而多層次的結構，以形成新巧靈動乃至潑辣幽默的藝術風格。請讀以下這幾首：

「園花落盡路花開，白白紅紅各自媒。莫道早行奇絕處，四方八面野香來。」

（《過百家渡四絕句之一》）

霍松林教授評曰：「僅用『白白紅紅』，色彩雖然富麗卻是靜態的。綴以『各自媒』，便為遍野繁花賦予人的思想感情，其互相爭奇鬥豔的動態，立即躍然紙上。」

「梅子留酸軟齒牙，芭蕉分綠與窗紗。日長睡起無情思，閒看兒童捉柳花。」

（《閒居初夏午睡起》）

霍松林教授評曰：「一個『留』，一個『分』字用得巧。」又說，「看兒童捉柳花，正襯出自己的閒。」此首入選《千家詩》。

「泉眼無聲惜細流，樹陰照水愛晴柔。小荷才露尖尖角，早有蜻蜓立上頭。」

（《小池》）

霍松林教授說：「用一『惜』字，把泉眼擬人化；用一『照』字、『愛』字賦予樹蔭人的感情。」而最後兩句早已突破小池一角，成為讚美少年嶄露頭角的名句。

從以上這三首絕句可以看出楊萬里有一雙銳利的眼睛，善於從細微處、模糊處發現景物獨特的美，並用鮮活的語言表達出來。其煉字的新警常常令人驚喜。

錢鍾書先生《談藝錄》第三十三節說：「誠齋善寫生，如攝影之快鏡，兔起鶻落，鳶飛魚躍，稍縱即逝而及其未逝，轉瞬即改而當其未改。眼明手捷，蹤矢躡風。此誠齋之所獨也。」

楊萬里的「活法」除了見之於速寫，還見之於轉折靈動，新意疊出。他有一首七言古詩，寫與友人夜登萬花川谷，月下傳觴，先言自己酒渴而月更渴。剛斟好酒，月亮就搶先跑進杯裏，同時還帶領青天鑽入酒杯，弄得月同天都濕漉漉，意象轉換之快恍若電影。

總之，楊萬里是很機智很風趣的人，隨時可以玩出許多花樣。《廿四詩品》幾乎概括了詩歌各種風格，就是缺了楊誠齋新奇活潑這一種。

【33】詠辛棄疾

陳文岩

丈夫氣概別家無，吹角猶憐一劍孤[1]，文以入詞[2]何不可，且看醉倒樹來扶[3]。

1 辛棄疾詞：醉裏挑燈看劍，夢回吹角連營。
2 有謂東坡以詩入詞，稼軒以文入詞。
3 辛棄疾詞：昨夜松邊醉倒，問松我醉何如？只疑松動要來扶，以手推松曰去。

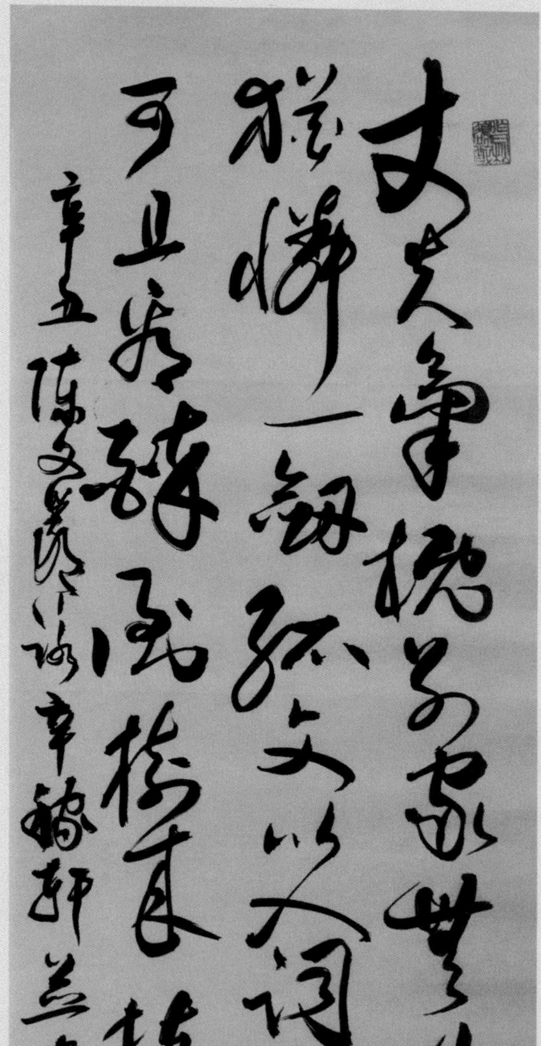

丈夫氣概[illegible]世[illegible][illegible]

慷慨一[illegible][illegible]安以人[illegible]河[illegible]

可且[illegible][illegible][illegible][illegible]技

辛丑 [illegible]詩 [illegible]書

◆秦嶺雪：

辛棄疾有幾種身份。

首先，他生於淪陷區。二十三歲招募義兵，舉起抗金大旗。在這個過程中，帶領五十餘人突擊金營，生縛叛徒張安國南歸。令宋高宗聞之三嘆息。他是一位親歷戰場的勇士，一位孤膽英雄。

辛棄疾南歸後，做過中下層官吏，管過民政、財賦，但始終未能任軍職。其中十年在各種職位中流轉。大約廿年賦閒。期間上過《美芹十論》《九議》，對抗金大計多所策劃，但不被採納。因此，他又是一位被排斥的主戰派。

辛棄疾還是一位「奮發有當世志」的奇士。他崇敬屈原、李白、杜甫，自稱「狂夫」。作於福州的《水調歌頭》這樣表白：「長恨復長恨，裁作短歌行。何人為我楚舞，聽我楚狂聲？」他的名作《賀新郎》更直言：「不恨古人吾不見，恨古人不見吾狂耳。知我者，二三子。」所謂「狂」就是豪邁、放逸、不守繩墨。有時候就睥睨世俗，目無餘子。

了解他的身世和性格，了解辛稼軒個人理想與現實的巨大反差，就可以理解他不同於蘇軾的豪放。蘇能放能逸，稼軒的豪放卻令我們感到沉重。他和陸游有許多相似之處，但比陸更鬱結，更心雄氣盛。

歷代詩人親歷戎行真能上馬殺狂賊、下馬草軍書的，其實只有辛稼軒。高適做到節度使，岑參遠赴邊塞，都不是親執兵刃參加戰鬥。陸游說曾射虎南山，有人指為「浪漫主義的想像」。辛棄疾追慕英雄，也以英雄自許。《永遇樂》一開始說：「千古江山，英雄無覓孫仲謀處。」《南鄉子》說：「天下英雄誰敵手？曹劉。生子當如孫仲謀！」能創帝業北拒曹操的孫權是他的偶像。在「南共北，正分裂」的局面下，要試手補天裂，這就是辛棄疾的英雄氣概。

請讀為陳亮賦壯詞的《破陣子》：「醉裏挑燈看劍，夢回吹角連營。八百里分麾下炙，五十弦翻塞外聲。沙場秋點兵。馬作的盧飛快，弓如霹靂弦驚。了卻君王天下事，贏得生前身後名。可憐白髮生！」

劉熙載《藝概》說辛詞「龍騰虎擲」。《白羽齋詞話》說他「氣魄極雄大，意境卻極沉鬱」，是「詞中之龍」。

辛詞的特色是「好使事」和「以文為詞」。

好使事，這也是岳飛的孫子岳珂當面提出的批評，他表示接受。但這是習氣，也是風格。使事即用典，有極貼切的，如《永遇樂．京口北固亭懷古》敍歷史如說今事，渾然無跡。也有高度取其神，只用來強調某一種情緒，所用典故與眼前情事可以說毫無關聯，如《賀新郎．送茂嘉十二弟》，這就只能體味，未能言說。

蘇東坡以詩為詞，稼軒更進一步，以文、以賦為詞。《蓮子居詞話》云：「辛稼軒別開天地，橫絕古今，論、孟、詩小序、左氏春秋、南華、離騷、史、漢、世說、選學、李杜詩，拉雜運用，彌見其筆力之峭。」他還別創對話體，與松相搏。「昨夜松邊醉倒……」云云，並與酒杯定約：「勿留亟退，吾力猶能肆汝杯。杯再拜，道：麾之即去，招則須來。」此數種都令人覺得新奇，恣肆、酣暢，但也相當地解構了詞的抒情性。對詞境擴大的同時，其末流議論叢生，呼喊叫嚷，讀之生厭。期間的成敗得失值得細加檢驗。

太平盛世，人們更喜歡辛詞中不算婉約但十分清麗嫵媚的作品。如《青玉案．元夕》。「花千樹，星如雨」，何等綺麗！那位燈火闌珊處的美人不妨說就是辛稼軒自己。難怪王國維以其哲思體味到人生一大境界。

還有他工筆描繪的江南農家風俗畫——《清平樂．村居》：

「茅檐低小，溪上青青草。醉裏吳音相媚好，白髮誰家翁媼？大兒鋤豆溪東，中兒正織雞籠。最喜小兒亡賴，溪頭臥剝蓮蓬。」

你會不會覺得，辛稼軒正用他那未脫山東腔的江西話與我們交談？

更迷人的還有他筆下的夏夜風光：「七八個星天外，兩三點雨山前……」讀這些小詞，我們很自然地會想起蘇軾那一組《浣溪紗》。

大詞人都有多種筆墨。

【34】詠姜夔

陳文岩

填詞幾個律能分，白石[1]當推第一人，
自度曲成新定調，韻高境邈不沾塵。

1 姜夔號白石。

清空騷雅詞分不
尚推第一人自度曲味新
定調譜寫曉魏逸流蓬

辛丑 陳文岑詠姜白石 蘭書

◆秦嶺雪：

同周邦彥一樣，姜白石也是詞人、音樂家，能創調製譜。姜白石向朝廷獻過《大樂議》《琴瑟考古圖》。他的詞集中標有工尺譜的有十七首，是非常珍貴的資料。《大樂議》是詞樂的專業論文，姑引一句：「七音之協四聲，各有自然之理，今以平入配重濁，以上去配輕清，奏之多不諧協。」

工尺譜，在外行人看來，有點像以前的國語注音符號。對這些符號還很有爭議。現在懂這門學問的人很少了。上世紀四十年代雲南大學劉堯民教授著有《詞與音樂》一書，可謂空谷足音。

詞律比詩律複雜得多，朱子當時就不大了了。據說，宋朝並無固定的詞韻。現在要復原宋人的詞調，恐怕得起柳永、周邦彥、姜白石於地下，並把當時的樂隊、歌女一股腦兒請來。因此，對詞律的講究只能在一個很粗淺的水平上，認真起來，許多名作會被指為「不通」。

周邦彥中了進士，還有官當。姜白石卻是場屋困頓，終身布衣，依附有錢的官僚朋友，流徙江浙一帶，是為清客。他又負有才名，不僅詩詞，文章、書法都很了得，但文章憎命達。據説，他身後也很蕭條，無以營葬。這與柳永有點相似。

如此身世，表現在作品中，時時就很消沉鬱結，甚至淒清。他幾首名作都寫於冬季，都有清、寒、冷這些字樣。如《揚州慢》作於冬至日：「漸黃昏，清角吹寒，都在空城。」《點絳唇．丁未冬過吳松作》：「數峰清苦，商略黃昏雨。」而《暗香》寫於辛亥之冬：「但怪得竹外疏花，香冷入瑤席。」這種種冷感，再加上西窗暗雨、迷濛月色、哀怨琴聲、參差楊柳、夢裏幽人，就構成了白石詞的基調。他不為浮豔之詞，也力避俚俗，追求醇雅。他總是倚着梅花，孤獨地吹着玉笛，尋找知音。

同所有講究「雅」的詞人一樣，姜白石也喜歡「使事」，即大量使用典故。也敍述自己的故事。但他運用「虛化」的手法，就是不那麼貼實（詞論家稱為質實）。如《疏影》詠梅，用了壽陽公主梅花妝的典故。他不直接寫梅花落在額頭上，而是説「猶記深宮舊事，那人正睡裏，飛近蛾綠」，有點輕俏，有點迷離。回憶自己與合肥琵琶女的戀愛，留下二十幾首情意綿綿的佳作。但讀者很難捉摸到具體的生活情景。他只是恍恍惚惚，深情言之。有時甚至是在夢境中出現：「分明又向華胥見」「離魂暗逐郎行遠」「淮南皓月冷千山，冥冥歸去無人管。」

雖然「使事」，又避免瑣細的直接的敍述。他用暈染的意筆，將「事」化為描寫和抒情，也就有了空靈之感。

白石的詞是有故事的，讀它如同美文一般的長短不一的詞序可知。今事、古事，今日之環境心跡如何「串燒」就大有講究。在姜白石，鋪敍，即柳永與東坡的傳統，是一法。如《揚州慢》由今及古，荒涼與繁華對照，一目了然。另一法就是跳接、倒置、種種情景交叉，在一種特定的情調中流轉。如《暗香》，二三句一轉，從我吹笛到玉人摘梅，又轉到嘆老，說及今日之華筵。下半闋先言想寄梅，再說夜雪，又回到對酒思念：「長記曾攜手處，千樹壓、西湖寒碧。」最後感嘆時序遷移，落花飄零。人、情景反覆疊現。另一首詠柳的《長亭怨慢》也是如此。善於轉接，令人有一種新奇的曲徑通幽又復曚曨惝恍之感，這是白石詞的一大特色。但因此，也就容易陷入晦澀的泥淖。相對而言，我還是比較喜歡《點絳唇．丁未冬過吳松作》、《鷓鴣天．元夕有所夢》、《踏莎行．自沔東來丁未元日至金陵江上感夢而作》這一些短章。

「雅」是南宋末期詞壇的潮流。也是姜白石作為文士清客的習性，包括品格和文風。他也偶有慷慨激昂之作，如與辛稼軒唱和的《永遇樂》。言恢復只是「中原生聚，神京耆老，南望長淮金鼓。問當時、依依種柳，至今在否」，與原作的「金戈鐵馬，氣吞萬里如虎」，大異其趣。他還有一首詠巢湖仙姥的《滿江紅》也用了赤壁抗曹的典故。詞曰：「卻笑英雄無好手，一篙春水走曹瞞。」我想，他即使想到蘇東坡也不會說「強虜灰飛煙滅」。所以，人評東坡「清雄」，給白石的卻是「清空」。調色用字，處處都與心胸、情趣、審美相關。詩如此，詞更如此。

【35】詠納蘭性德

陳文岩

莫道滿人不會詩，請君一讀納蘭詞，
帶刀[1]竟是癡情種，紙上通篇滴淚兒[2]。

1 納蘭性德曾為帶刀侍衛。
2 納蘭詞多悼念亡妻，情真意切。

莫道傷人不是詞清一懷抱
等閒無那竟生癡情種耶述
風角滴淚兒

辛丑 陳文岩錄 納蘭性德

◆秦嶺雪：

納蘭詞，上世紀五六十年代，幾乎無人提及，近三十年大紅。研究者日增，並出版多種全集註本。有學者更推為清代一萬詞人、廿萬詞作之「首屈一指」。文學史也有行情變化，此中消息，值得品味。當然，這也是王國維讚賞過的，蓋事出有因也。

納蘭以一個滿清貴胄，烏衣門巷宰相子弟，中過進士，當過皇帝近侍，卻又早夭，三十一歲錦繡年華就歸離恨天了。他的詞作貼滿青春印記，抒寫的是一個家世顯赫的青年人的哀樂。他的淚是春雨，是露珠，不是秋霖，更非老淚縱橫。顧隨先生想在納蘭詞中尋求「蒼秀」，可能是求之過深了。

常言「漢化」，其實就是為中國傳統文化所化，讀納蘭詞，感觸最深的就是這一點。首先，不是儒道釋思想的影響，而是詩化。唐詩宋詞的麗句，各種意境浸染着這位青年才俊。欬珠吐玉，無非唐韻宋調，順手拈一首《浣溪紗》：「消息誰傳到拒霜？兩行斜雁碧天長。晚秋風景倍淒涼。銀蒜押簾人寂寂，玉釵敲竹信茫茫。

黃花開也近重陽。」「拒霜」，出自蘇東坡《和陳述古拒霜花》；「斜雁」，我們會想起李清照的「雲中誰寄錦書來？雁字回頭，月滿西樓」；「銀蒜」，源於庾信的「簾鈎銀蒜條」；「敲竹」，與歐陽修的「夜深風竹敲秋韻，萬葉千聲皆是恨」深有淵源。至於「黃花」一句則很容易讓讀者想起宋人的「滿天風雨近重陽」。可以說，無一處無來歷，納蘭走的也是雅的路子，雖然抒寫的是自己的愁緒，但不能不借助他人之酒杯。他還年輕，還不能自鑄偉詞。

論者以為納蘭近於李後主，真摯似之。詞格接近晏、歐而更加婉曲。不僅長調層層遞進，小令也多有層次。《菩薩蠻》寫懷念家中的妻子：「粉香看欲別，空剩當時月。月也異當時，淒清照鬢絲。」疊寫當時月：月只一輪而情景有別，所以生異，情緒也更見低迴婉轉。《南鄉子》為亡婦題照：「淚咽卻無聲，只向從前悔薄情。憑仗丹青重省識，盈盈，一片傷心畫不成。別語忒分明，午夜鶼鶼夢早醒。卿自早醒儂自夢，更更，泣盡風檐夜雨鈴。」時空交錯，亦醒亦夢。由一個生活片斷的回憶說到痛悔淚咽難以着筆，而時序倒置，由現時逆入往時，可謂委曲盡致。

前面提到納蘭受漢傳統文化所化，主要不是接受儒道釋思想的影響。他沒有杜甫的「致君堯舜上，再使風俗淳」，沒有王維的「晚年唯好靜，萬事不關心」，沒有李白的縱酒遊仙，卻有他筆下的義薄雲天。或許還接受了《三國演義》的影響。

納蘭施援手營救因科舉謫戍寧古塔的吳兆騫，固然也是義舉；但更令人感動的是納蘭超越了階級界限對一介書生顧貞觀的真摯情懷。不僅僅是知己，不僅僅有高山流水之感，更是誓同生死的鐵石之約，有季子掛劍的悲切。這是人性關懷最激越的樂章。請讀這首《飲水詞》的壓卷之作——《金縷曲》：

「德也狂生耳。偶然間，緇塵京國，烏衣門第。有酒惟澆趙州土，誰會成生此意。不信道、遂成知己。青眼高歌俱未老，向樽前、拭盡英雄淚。君不見，月如水。　共君此夜須沉醉。且由他，蛾眉謠諑，古今同忌。身世悠悠何足問，冷笑置之而已。尋思起、從頭翻悔。一日心期千劫在，後身緣、恐結他生裏。然諾重，君須記。」

義，不僅僅是拔刀相助，不僅僅是心志相通。還要有英雄肝膽，還要能橫眉冷對千夫指，更需心如鐵石堅。不僅今生，還望情結來世。同時，還需鄭重盟誓。

這就是納蘭為我們詮釋的「義」的豐富內涵。「義」在他筆下呈現了光照千古的感情形態。他是超越功利的，冰雪晶瑩的，重於個體生命的。而這一些都可以歸結為傳統文化的深刻影響。

納蘭常常歌哭無端，對花落淚，對月傷心。他對世事人生有一種不明所以的夢幻感。如《江城子·詠史》：「濕雲全壓數峰低。影淒迷，望中疑。非霧非煙，神女欲來時。若問生涯原是夢，除夢裏，沒人知。」又如《採桑子》：「不知何事縈懷抱？醒也無聊，醉也無聊，夢也何曾到謝橋。」除了他夫人早逝對他的打擊，應該還別有懷抱。總之，這是一個早熟、敏感多情的心靈。富貴榮華的同時，還深深思考着命運與人生。他還未能達到賈寶玉所感受到的「悲涼之霧遍被華林」的深度，迎接他的還有正在走來的康乾盛世。

【36】詠袁枚

陳文岩

一語性靈出本心[1]，華辭巧對用功深，
偏教紅袖添香處[2]，少見隨園[3]着意吟。

◆秦嶺雪：

袁枚是乾隆一朝詩壇主將。他與趙翼高舉性靈派大旗，反對復古，反對格調說，反對以考據為詩，主張詩中有我，要表達真性情。

1 袁枚詩主性靈。
2 袁枚多女弟子。
3 袁枚築隨園。

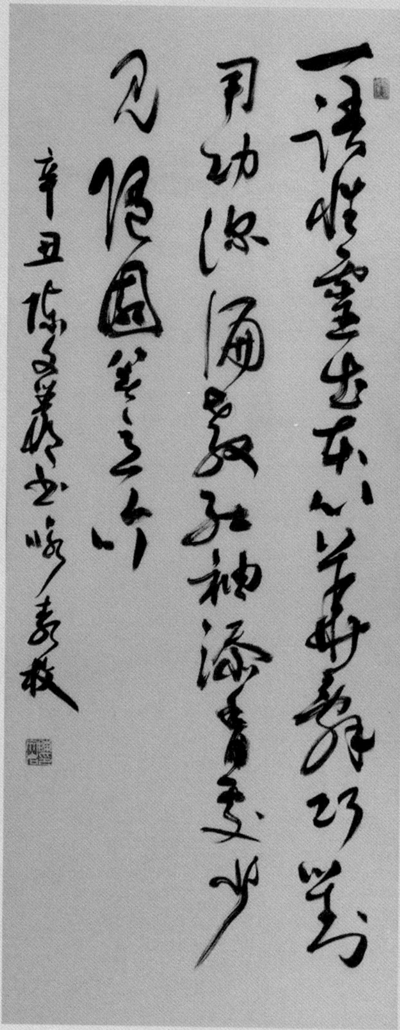

楊萬里批評格調說，說是「不解風趣」而「風趣專寫性靈，非天才不辦」。袁枚深愛其言說：「須知有性情便有格律。」「風趣」兩字，不是性靈說全部內容，但對袁枚同等重要。

袁枚說：「自三百篇至今日，凡詩之傳者，都是性靈，不關堆垛。」

又說：「詩者，人之性情也。近取諸身而足矣。其言動心，其色奪目，其味適口，其音悅耳，便是佳詩。」他舉杜甫為例，說：「人必先有芬芳悱惻之懷，而後有沉鬱頓挫之作。」

還說：「詩難其真也，有性情而後真。」

有真性情，然後「以出新意，去陳言，為第一着」。他主張貼近日常生活，說：「自古文章可以流傳至今者，皆即情即景，如化工肖物，着手成春。」

袁枚的性靈說並沒有多少嚴密的理論，只是語錄式的隨感。但旗幟鮮明，率真敢言。他常常說得斬釘截鐵，掌握了話語權，鋒芒所指，舊壘披靡，在當時產生了很大的影響。其中有兩則特別引人注目。

其一。袁枚戲刻了一個私印，用唐人「錢塘蘇小是鄉親」之句，被一位一品大員看到，大加呵責。袁道歉謝罪，大官仍抓住不放，喋喋不休。袁枚正色道：「公以為此刻不倫耶？在今日觀之，自然公官一品，蘇小賤矣。誠恐百年之後，人但知有蘇小，不復知有公矣。」具見他的膽識和真性情。

另一則存錄了清初一位江陰女子的絕命詩：

本朝開國時，江陰最後降。有女子為兵卒所得，紿之曰：「吾渴甚！幸取飲，可乎？」兵憐而許之。遂赴江死。時城中積屍滿岸，穢不可聞。女子齧指以血題詩云：「寄語路人休掩鼻，活人不及死人香。」

清代文字獄殘酷，袁枚竟敢直書，足見敢於存真的風概。不能只以舞文弄墨風流自賞的才士觀之。

錢鍾書先生在《談藝錄》中說：「《隨園詩話》往往直湊單微，雋諧可喜，不僅為當時之藥石，亦足資後世之攻錯。」

因為敢於說真話，直抒懷抱，永遠是文藝家一個最重要的課題。儘管《隨園詩話》頗有些應酬篇章。袁枚自己就說某公為他出資刻書，他就多錄其詩；又袁多弟子，此書所收也有不少平庸之作，但這些都不掩其當時發聾振聵之光彩。

袁枚存詩五千二百多首，詩集以「小蒼山房」為名，其創作時間約六十年，與乾隆一朝相始終。論者云：「他大部份作品為其性靈說理論的實踐，可稱為性靈詩。」（王英志語）

集中詠嘆高山有好幾首，且讀《卓筆峰》：「孤峰卓立久離塵，四面風雲自有神。絕地通天一支筆，請看依傍是何人？」

壯哉！獨立天地間，無所依傍。真是個性解放的宣言。

但袁枚不是狂生，他十載為縣官，接觸社會現實，對窮苦百姓有仁愛之心與珍惜之情。《捕蝗曲》寫沭陽蝗災，既描繪蝗蟲肆虐，也揭露苛政猛於虎，蠹吏虐於蝗。盼望「今冬雪花大如席，入土三尺俱消亡」。結尾寫道：「蝗兮蝗兮去此鄉，東海之外兮草茫茫。無爾仇兮爾樂何央！毋餐民之苗葉兮，寧食吾之肺腸。」其激越痛切正與杜工部同調，而這種捨身飼虎的情懷尤為動人。

袁枚多情善感，對家庭、手足、朋友、戀人有深摯的感情。如《歸家即事》《隴上作》《哭蔣心餘太史》《寄聰娘》《病中贈內》《瘞梓人詩》都寫得情真意摯，催人淚下。《歸家即事》寫得官後歸家歡聚情景，一支筆寫了三代人，而各有秉性聲口。喜中含悲，甘中有苦，人情世故，曲曲傳出，結尾敍行收離別戀戀不捨之情：「浮雲為鬱結，驪駒為徬徨。人生天地間，哀樂殊未央。」令人一讀再讀，猶有餘味。

袁枚長壽，青年時期十年居官。辭官後於南京築隨園，大部份時間住在這裏。詩集中多閒適之作，如《水西亭夜坐》寫水月相映，萬籟俱寂而獨坐冥想，物我皆忘。《春日雜詩》寫春天懶散情狀：「千枝紅雨萬重煙，畫出詩人得意天。山上春雲如我懶，日高猶宿翠微巔。」

袁枚詩最大的特色是生動活潑。他善於選取平凡瑣細的題材，描繪真切，意象靈動，詼諧有趣。如《鬥蟋蟀》《齒痛》《偶作五絕句》《渡江大風》等等。晨起推窗，詩曰：「連宵風雨惡，蓬戶不輕開，山似相思久，推窗撲面來。」寫月下花影之動態：「月下掃花影，掃勤花不動。停帚待微風，忽然花影弄。」觀察細微，表現新巧。袁枚詩集中戲筆戲題甚多，情調風趣，很有喜劇意味。如《遣興》：「愛好由來落筆難，一詩千改始心安。阿婆還是初笄女，頭未梳成不許看。」以女人梳妝比喻創作嚴謹，可說是妙語解頤。袁枚還善於以自然淺易近乎白話的語言描摹眼前情景，也能夠驅遣萬象，上天入地刻劃山川之美。如《同金十一沛恩遊棲霞寺望桂林諸山》《觀大龍湫作歌》等，流轉激盪，佳句疊出，光怪陸離，一唱三嘆，不讓太白專美。

【37】詠龔自珍

陳文岩

信是詩才自母傳[1]，天公降格以誰宣，
於今己亥[2]人常誦，便作春泥[3]也不冤。

1 龔自珍母有詩集。
2 《己亥雜詩》是龔詩精粹。
3 龔自珍詩：化作春泥更護花。

◆ **秦嶺雪：**

龔自珍是清代詩壇一匹獨狼。他常自比清冷的明月，璀璨的大星，在月色星光下嗥叫。

二十七歲中舉，考了十年才中進士。而才華卓犖，文名早著，考官也求他賜文。心理上的落差尤為強烈，懷才不遇之感有過於李、杜。於是，他在沒落腐朽的年代大聲呼喚人才——當然，也是為自己鳴不平。

五十年代，毛澤東在一篇文章中引用了龔詩：「九州生氣恃風雷，萬馬齊瘖究可哀。我勸天公重抖擻，不拘一格降人才。」真是洪鐘般的聲響。自此，這首詩不脛而走，龔自珍的大名也為一代人所熟悉。《夜坐》一詩云：「沉沉心事北南東，一睨人才海內空。」境界闊大，憂思深切。而「一睨」，即斜着眼睛看，又是何等高傲！

屈才、惜才、求才，始終是龔詩的重要內容。

詩人常有喻象。李白是明月與大鵬，杜工部是鳳凰，而龔自珍是劍與簫。劍喻壯志，簫指柔情。《漫感》云：

「絕域從軍計惘然，東南幽恨滿詞箋。一簫一劍平生意，負盡狂名十五年。」

龔自珍喜用有重量感，有力的字。如此詩之「滿」、「盡」，又如「叱起海紅簾底月，四廂花影怒於潮」之「叱」、「怒」。錢鍾書《談藝錄》說：「怒者，健也。」《秋心》云：「秋心如海復如潮，但有秋魂不可招。漠漠鬱金香在臂，亭亭古玉佩當腰。氣寒西北何人劍，聲滿東南幾處簫。斗大明星爛無數，長天一月墜林梢。」「東南西北」即舉國，「簫」與「劍」即志與情。乃人生之兩極，合之一人而已。所謂俠骨柔情也。何人劍，幾處簫，言恨無同志亦無人賞識。《己亥雜詩》六十九云：「少年擊劍更吹簫，劍氣簫心一例消。誰分蒼涼歸櫂後，萬千哀樂集今朝。」

註者云：「兩者既體現了作者的氣質，又代表作者志兼文武大抱負。」

龔自珍寫落花也很有特色，人稱「落花心緒」。文人傳統的惜春題材在他手中脫胎換骨，閃耀着生生不息、破舊立新的思想光輝。

龔自珍中年在北京，春天常約集同人到西郊花之寺賞海棠，寫了一首歌行體的《西郊落花歌》。用錢塘潮夜澎湃，昆陽戰晨披靡，八萬四千天女洗臉傾胭脂一連串比喻，將落花寫得氣勢磅礴，完全不是「綠肥紅瘦」那種憐香惜玉情態。結尾轉入奇思冥想，以廿餘言之長句作結——「安得樹有不盡之花更雨新好者，三百六十日長是落花時。」表達了作者生生不已的哲思。

這層意思，後來在《己亥雜詩》其五表達得更加淋漓盡致：「浩蕩離愁白日斜，吟鞭東指即天涯。落紅不是無情物，化作春泥更護花。」以落花自喻，更願以自己的生命滋潤泥土，養育新株。這是宗教的慈悲，也是志士的俠骨。因此，也就成為傳世的名句。

龔自珍家學淵源。他外祖父段玉裁是清代文字學的大家，其母段馴也是詩人，有《綠華吟榭詩草》，並以當時詩家吳偉業、方舟、宋大樽的作品教授兒子。龔自珍後來回憶起慈母帳外燈前口授吳詩的情景：「莫從文體問尊卑，生就燈前兒女詩，一種春聲忘不得，長安放學夜歸時。」寫來真有無限的思念。

龔自珍四十八歲辭官南歸。大半年時間南來北往，行程九千里，寫了三百一十五首七絕，是為《己亥雜詩》。這是中國詩史上罕見的大型組詩，龔詩散佚嚴重，此「雜詩」就成為研究龔自珍的重要資料。

首先，這組詩告訴我們，龔自珍儘管官卑職小，遭受打擊污衊，憤而辭官。但他不是敗走麥城，而是轉移陣地。一開篇就說「不奈卮言夜湧泉」「狂言重起廿年瘖」。其七云：「先生宦後雄談減，悄向龍泉祝一回。」他要永遠保持寶劍的鋒芒。

這組詩全面地回憶他的家世、經歷、交遊、著述。也寫下途中見聞。農村殘破，水旱不收，鴉片毒害盡收筆底。其八十五云：「津梁條約遍南東，誰遣藏春塢逢？不枉人呼蓮幕客，碧紗幮護阿芙蓉。」其八十六云：「鬼燈隊隊散秋螢，落魄參軍淚眼熒。何不專城花縣去？春眠寒食未曾醒。」揭露了官商勾結走私鴉片的醜惡行徑。

龔自珍對鴉片戰爭前夕的社會危機有異常清醒的認識。「觀理自難觀勢易，彈丸累到十枚時。」是有名的比喻。

龔氏不脫舊文人遊冶的習氣。據劉逸生先生統計，《己亥雜詩》中描述與神女靈簫重逢經過的竟佔十分之一。姑錄一首存真：「豆蔻芳溫啟瓠犀，傷心前度語重提。牡丹絕色三春暖，豈是梅花處士妻。」

【38】詠黃遵憲

◆陳文岩

誰云唐宋後無詩，新酒舊瓶正合時，

我手自當書我口[1]，只嫌修飾欠些兒。

◆秦嶺雪：

時代出詩人。黃遵憲出生在鴉片戰爭之後，列強入侵之時，適逢日本明治維新，美國推行民選制度，資本主義工業高度發展。他對時事的見解以及某些改革主張得到李鴻章的賞識，而立之年以一舉人被任命為駐日參贊，進入外交界。此後十四年

1 黃遵憲詩句：我手寫我口。

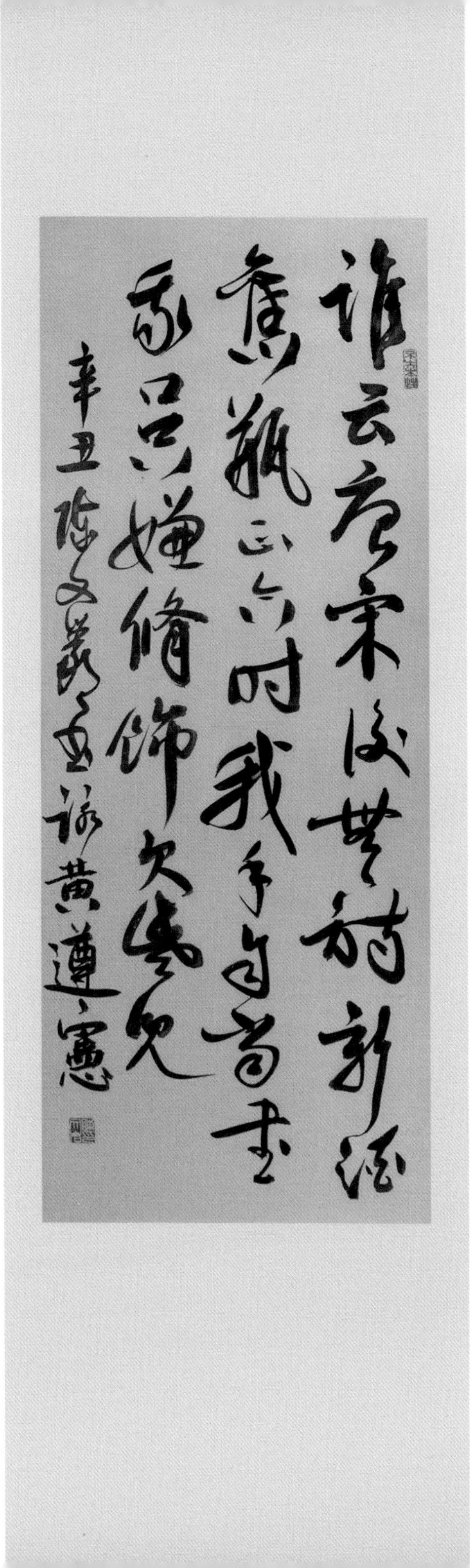

足跡遍及歐、亞、美三大洲。他的詩歌很自然地突破了傳統的題材，以一種全新的視覺描繪異國人文風情。這就是他說的：「吟到中華以外天」。《人境廬詩草》的內容非常豐富。論者以為「筆之所觸，思之所凝，情之所繫……可當作一部現代史來讀。」

黃遵憲對維新中的日本深感興趣。在日本友人的幫助下撰寫《日本國志》，同時寫了大型組詩《日本雜事詩》共二百首。詩後加小註，一詩記一事。詩以竹枝詞的形式寫成。詩同註相映成趣，風格蘊藉，含蓄流轉。

如詠富士山：「拔地摩天獨立高，蓮峰湧出海東濤。二千五百年前雪，一白茫茫積未消。」詠日本文字改革：「不難三歲識之無，學語牙牙便學書。春蚓秋蛇紛滿紙，問娘眠食近何如？」詠新式救火車：「照海紅光燭四圍，瀰天白雨挾龍飛。才驚警枕鐘聲到，已報馳車救火歸。」詠新派繪畫：「南蘋師法南田筆，南北禪宗合一家，偏是蛾眉工淡掃，青螺煙墨寫秋花。」詠櫻花：「朝曦看到夕陽斜，流水遊龍鬥寶車。宴罷紅雲歌絳雪，東皇第一愛櫻花。」黃遵憲還有《櫻花歌》極寫櫻花盛時之爛漫，舉國若狂之情景，也表達自己對東鄰的深厚情誼。

到了美國舊金山任總領事，又是另一種筆墨，有兩首五古力作，現在讀來仍有新鮮感。《逐客篇》寫美國由招引華工到限制華工、排斥華工政策的變化，指責美國政府「驟下逐客令，此事恐倍約」「逮今不百年，食言曾不怍」；又說美國「飛鷹倚天立，半球悉在握」。《紀事》一詩則描寫美國競選種種情狀：開頭如何口頭承諾，開空頭支票，又如何互相攻擊，如何拉票，計票如何遲緩而最後又如何釀成禍亂。竟與我們近期所見十分相似，讀來令人莞爾。且讀這一段：「此黨詽彼黨，黨魁乃下流。少作無賴賊，曾聞盜人牛。又聞挾某妓，好作狹邪遊。聚賭葉子戲，巧術妙竊鉤。」這不就是一篇諷刺小說嗎？

一八九〇年，黃遵憲轉任駐英參贊。他如此描寫霧都倫敦：「一時天醉帝夢酣，舉國沉迷同失日……時不辨朝夕，地不識南北。離離火焰青，漫漫劫灰黑，如渡大漠沙盡黃，如探岩穴黝難測。……出門寸步不能行，九衢遍地鈴鐸聲。車馬雞棲匿不出，樓臺蜃氣中含腥。……」這是自然之霧與工業污染。

他又如此描繪巴黎鐵塔：「拔地崛然起，崚嶒矗百丈……懸車倏上騰，乍聞轆轤響。人已不翼飛，迴出空虛上……微茫一線遙，千里走河廣……不辨牛馬人，沙蟲紛擾攘……北風冰海來，秋氣何颯爽！海西數點煙，英倫鬱相望……一覽小天下，五洲如在掌。」錢仲聯先生說其蒼茫之氣不減杜少陵。

過蘇伊士運河放歌：「龍門竟比禹功高，亘古流沙變海潮。萬國爭推東道主，一河橫跨兩洲遙。破空椎鑿地能縮，銜尾舟行天不驕。他日南溟疏辟後，大鵬出水足扶搖。」

而到了新加坡任總領事，寫了四百餘句二千餘言的五古傑構《番客篇》，是南洋的風俗畫，是華僑的奮鬥史，也是關於僑務的奏章。汪洋恣肆、博麗恢張，而又出自清新自然的秀才之口。夏敬觀說有「能直言眼前事，直用眼前名物」之妙。

如此筆力，開拓如此新的詩境，難怪李鴻章稱之為「霸才」；丘逢甲譽為「詩界之哥倫布也」。

黃遵憲對近代詩壇的更大貢獻是鮮明地提出「我手寫我口」的創作要求，此言見於他二十歲寫的《雜感》。這是針對當時擬古剽竊之風而發的。他說：「我手寫我口，古豈能拘牽？即今流俗語，我若登簡編，五千年後人，驚為古斕斑。」一般人理解這句話大都以為黃遵憲提倡口語化，即所謂流俗語如白居易令老嫗都解。他的許多作品，特別是七絕，如《日本雜事詩》《己亥雜詩》等等真切淺近，脱口而出。他對民歌也很傾心，並有仿作。如著名的山歌：「嫁郎已嫁十三年，今日梳頭儂自憐。記得初來同食乳，同在阿婆懷裏眠。」但從他全部創作實踐看，不少詩仍然「使事」，即使用經史子集乃至佛經的典故，不加註釋仍然難以通讀。因此，「我手寫我口」一句的意思，鄙見應是更多地強調詩中有我，即事言情。可以從袁枚的性靈說找到源頭。

錢鍾書先生《談藝錄》第六十一說到黃公度此語，他說：「學人每過信黃公度

《雜感》第二首『我手寫我口』一時快意大言。不省手指有巧拙習不習之殊，口齒有敏鈍調不調之別。非信手寫便能詞達，信口說便能意宣也。」他還指出能出口成章常常是因為平日的積累適與當前情景相會，神來興發，意得手隨，沛然如肺肝之所流出。

如此理解，方可避免淺率粗俗。

【39】詠魯迅

◆陳文岩

新潮文學舊詩詞，吶喊[1]無虧血性兒，

幾個阿Q未折骨，千夫面對敢橫眉[2]。

◆**秦嶺雪：**

魯迅有幾首詩常為人引用。

其一，《自題小像》：「靈臺無計逃神矢，風雨如磐闇故園。寄意寒星荃不察，我以我血薦軒轅。」

1 魯迅名著，內有《阿Q正傳》。

2 魯迅詩句：橫眉冷對千夫指。

廿一歲寫於東京，抒寫報效祖國的壯志。「神矢」，用希臘神話愛神典故。「荃不察」，用離騷句：「荃不察余之衷情兮」，指無人理解。「軒轅」，指中華古國，含反清之意。

其二，《無題》（慣於長夜過春時）：「慣於長夜過春時，挈婦將雛鬢有絲。夢裏依稀慈母淚，城頭變幻大王旗。忍看朋輩成新鬼，怒向刀叢覓小詩。吟罷低眉無寫處，月光如水照緇衣。」

一九三一年寫於上海。此詩弔左聯五烈士，特別是柔石，悲憤至極。時聞牽連到魯迅，但他毫不畏懼，仍然高吟「怒向刀叢覓小詩」，真是夠硬。

其三，《自嘲》：「運交華蓋欲何求，未敢翻身已碰頭。破帽遮顏過鬧市，漏船載酒泛中流。橫眉冷對千夫指，俯首甘為孺子牛。躲進小樓成一統，管他冬夏與春秋。」

這是寫贈郁達夫的。「自嘲」就是反諷，無須作別的解釋。全詩以放逸寫傲氣。頸聯已成名句，廣泛傳播，並成為許多人的座右銘，其對民謙恭，對敵鄙視構成魯迅偉大的人格，恩怨分明，擲地有聲。「千夫指」說的是文化圍剿兼指一眾論敵。

其四，《無題》（萬家墨面沒蒿萊）：「萬家墨面沒蒿萊，敢有歌吟動地哀。心事浩茫連廣宇，於無聲處聽驚雷。」

一九三四年寫於上海。如磐重夜，四野無聲，於無邊黑暗中佇聽驚雷。魯迅對人類進步事業始終給予厚望。

這首詩因毛澤東於一九六一年書贈日本黑田壽男，激勵無數國人。可能是魯迅詩流傳最廣者。

據周振甫先生統計，魯迅舊體詩現存六十二體七十九首。在民初文人中，數量不算多。雖然「無心作詩家」，卻很有特色。鄙見有如下數端：

一、**楚騷情懷**

這就是愛國、報國。哀眾芳寥落，知音難尋，孤高寂寞而永葆堅貞。

魯迅早歲寫有騷體《祭書神文》《哈哈愛兮歌》。而後期詩中採取楚騷意境、辭藻、比喻頗為常見。如《無題》之「秋波渺渺失離騷」，《偶成》之「春蘭秋菊不同時」，又《無題》之「所思美人不可見，歸憶江天發浩歌」，《湘靈歌》之「高丘寂寞竦中夜，芳荃零落無餘春」，《無題》之「一枝清采妥湘靈，九畹貞風慰獨醒。無奈終輸蕭艾密，卻成遷客播芳馨」等等。分別見於屈原《離騷》《九歌》及宋玉《九辯》。

楚騷的繼承，令詩作意境高華，文辭雅潔。

二、**情深意摯**

對祖國，以生命相許。見前錄之《自題小像》。

對妻子：「十年攜手共艱危，以沫相濡亦可哀，聊借畫圖怡倦眼，此中甘苦兩

心知。」（《題〈芥子園畫譜三集〉贈許廣平》）

對兒子：「無情未必真豪傑，憐子如何不丈夫？知否興風狂嘯者，回眸時看小於菟。」（《答客誚》）

對朋友：「豈有豪情似舊時，花開花落兩由之。何期淚灑江南雨，又為斯民哭健兒。」（《悼楊銓》）

對日本友人：「扶桑正是秋光好，楓葉如丹照嫩寒。卻折垂楊送歸客，心隨東棹憶華年。」（《送增田涉君歸國》）

讀魯迅雜文，常覺非常冷峻；而一片熱腸則留在詩中。

三、婉而多諷

魯迅有諷刺詩，犀利如雜文。如《教授雜詠四首》，又如《二十二年元旦》：「雲封高岫護將軍，霆擊寒村滅下民。到底不如租界好，打牌聲裏又新春。」

但大部份卻是含蓄深沉，意在言外。如《贈人二首》：

「明眸越女罷晨妝，荇水荷風是舊鄉。唱盡新詞歡不見，旱雲如火撲晴江。」

「秦女端容理玉箏，梁塵踴躍夜風輕。須臾響急冰弦絕，但見奔星勁有聲。」

前一首寫旱災，後一首寫暗殺。

再如《悼丁君》：「如磐夜氣壓重樓，剪柳春風導九秋。瑤瑟凝塵清怨絕，可憐無女耀高丘。」

這是誤聽丁玲被害而作。

這些詩都寫得婉而多諷，很值得吟味。

他的詩意象豐盈，長於比興，含蓄深沉。論民國文人舊體詩之有詩味者，首推魯迅。

【40】詠蘇曼殊

陳文岩

身世淒涼尺八簫[1]，詩成還討一杯澆[2]，
空門只道真能了[3]，偏是生逢革命潮。

1 蘇曼殊詩：「春雨樓頭尺八簫，何時歸看浙江潮？芒鞋破缽無人問，踏過櫻花第幾橋？」末句脫自晏幾道：又踏楊花過謝橋。
2 蘇曼殊好酒。
3 蘇曼殊曾為僧。

身世漂淪尺八簫，詩成還討一樽澆。空門只道出家了，偏是生逢革命潮。

辛丑 陳文藻書詠蘇曼殊

◆ 秦嶺雪：

南社的詩人到上世紀五十年代聲名漸歇。其中，僅柳亞子因與毛澤東唱和，廣為人熟知。至今仍為喜愛舊體詩的人津津樂道者，只蘇曼殊一人。而其人之詩尤為人傳頌的只「一絕兩句」。

「兩句」即是：「還君一缽相思淚，恨不相逢未剃時。」

「一絕」更加有名，書法展場常見。

「春雨樓頭尺八簫，何時歸看浙江潮？芒鞋破缽無人識，踏過櫻花第幾橋？」

兩句為和尚之情詩，一絕亦僧人在日本聽女友吹簫懷鄉之作。

南社諸公如果知道藝文的流傳竟是如此詭異，一定詩興大減。

蘇曼殊與孫中山是同鄉。父親在日本經商，母親是日本人。曼殊對母親很依戀，卻又深深摯愛苦難中的中國，詩曰：「故國傷心只淚流」。

他只活了卅五年卻經歷了戊戌政變、辛亥革命、袁世凱稱帝、軍閥混戰一系列重大事件。他參加孫中山的「興中會」，也曾經想用手槍暗殺已淪為保皇黨的康有為，為李少白所阻。但他始終不是一個職業的革命者。

翻開他的年譜，你會發現他與近代政治、思想、學術、文學各界知名人士都有交往，從黃興到蔣介石，從陳獨秀、章炳麟到黃季剛、包天笑，也曾向著名義士劉三學詩。

蘇曼殊受過良好的教育，在家鄉讀書塾，在日本早稻田讀高等預科。又自學英語、梵文，廿四歲編八卷本《梵文典》，廿九歲編《英漢辭典》。能用英文寫作，還譯有《拜倫詩選》。

他大約二十歲開始文藝創作，寫了不少言情小說。其中最著名的是《斷鴻零雁記》，曾被改編成粵劇。

他還是一位畫家，常以畫贈人，並著有《畫語錄》。

柳亞子主編的《蘇曼殊文集》收著譯三十多種。

短暫的青春，豐富的著作。蘇曼殊首先是一位知名的文化人。他的職業主要是教書，從小學教到大學，每處逗留的時間都不長。曼殊常來往於中國和日本，也到過印尼、泰國、印度，並嘗試翻譯印度史詩。

但人們似乎忘記了這一些，只稱呼他「詩僧」。

據説他因為「身世之痛」，十六歲在廣東惠州出家。一年後可能受不了清苦的生活就離開寺廟。是否有剃度，言之未詳。但他自稱「衲」，朋友稱他「闍梨」即和尚。他有時也穿袈裟，行腳到處也借住寺院、精舍，一生未娶，是否唸經修行，是否茹素，亦無考。

他有錢時，揮金如土，捧名伶、名妓，與南社老友吃花酒。這些都見於詩或友人的回憶錄。

他還不斷談情説愛，對象有藝伎、名媛、西洋美女。大概是名士，傾心者不少。但似乎都是緣乎情，止於禮義，這就留下了霧一般的惆悵與歉仄。

他的情詩以寫給日本藝伎百助的《寄調箏人》數章，以及《本事詩》十首最著名。且錄幾首：

「春水難量舊恨盈，桃腮檀口坐吹笙。華嚴瀑布高千尺，未及卿卿愛我情。」

「烏舍淩波肌似雪，親持紅葉索題詩。還君一缽無情淚，恨不相逢未剃時。」

「碧玉莫愁身世賤，同鄉仙子獨銷魂。袈裟點點疑櫻瓣，半是脂痕半淚痕。」

「禪心一任娥眉妒，佛説原來怨是親，雨笠煙簑歸去也，與人無愛亦無嗔。」

「生憎花發柳含煙，東海飄零二十年。懺盡情禪空色相，琵琶湖畔枕經眠。」

寫藝伎色相，檀口桃腮雪肌，並以佛經故事中的神女比擬現實中的神女，不乏豔語。但最終歸結於空色相、枕書眠，真是知己情深復又誤人不淺。

和尚寫情詩並公開發表，可能是全世界獨一無二，此為蘇曼殊也。其真性情不為一領袈裟所掩。

這些詩也表明他在崇佛和世俗中掙扎，揭示了他心中色與空的種種糾葛。有論者認為曼殊的詩作情近李商隱，寫景則近杜牧。其實，他並不隱晦，有些還很直白。他也很善於製造氣氛，渲染某一種情調。應該說，也近於龔自珍。

因此，也就以龔的一首詩作為本節的結束：

「偶賦淩雲偶倦飛，偶然閒慕遂初衣。偶逢錦瑟佳人問，便說尋春為汝歸。」

【41】詠郁達夫

陳文岩

可嘆情癡終毀家[1]，難傾江水洗鉛華[2]，
休提酒醉鞭名馬[3]，愛國長埋別國沙[4]。

1 郁達夫與王映霞婚變。
2 郁達夫於日本侵華時有《賀新郎》：「憂患餘生矣，縱齊傾錢塘江水，奇羞難洗……國倘亡，妻妾寧非妓？先逐寇，再驅雉。」此處借用指王映霞和第三者的風流事。
3 郁達夫詩：曾因酒醉鞭名馬，生怕情多誤美人。
4 郁達夫於南洋遭日軍殺害。

一腔情懷經戰家難匹
江水洗鉛華休提湮滅
艱危了書圖長埋外國沙

辛丑陳文岩書詠郁達夫

◆秦嶺雪：

吾讀郁達夫，始於小說《沉淪》，青春苦悶，引為同調。後讀其「遊記」，文辭清雅，山川人文奔赴筆下，趣味盎然。再讀《毀家詩紀》徘徊中宵，為之感嘆唏噓。今卅載，無人復談《沉淪》，亦無人考證才子行蹤。「郁王」恩怨，則常見之報端雜誌。是是非非，嘵嘵分辨。復讀梁羽生先生所錄王映霞女士詩：「猶記年前住富春，澄江如練照豐神。別來幾度滄桑改，浙水狂濤憶故人。」梁先生說此詩或是一九四九年後作的，「看來她對郁達夫還是念念不忘的。」

還是郁的老友孫百剛說得對：「你將來可傳的，不是你全部的小說，而是你的詩。」

達夫的詩存六百首左右。論者以為可分為「日本詩」「國內詩」「南洋詩」三部份。寫作時期從一九一一年（十六歲）至一九四五年在印尼遭日軍殺害。而每個時期都有一組代表作。依次是：《自述詩十八首》《毀家詩紀》《亂離雜詩》。

自述詩，二十三歲寫於日本。回憶十七歲以前之家境、昆仲、行蹤、學業、情事。詞句清淺，用典則頗切近，可見其舊學修養。於名古屋時曾與日本著名漢詩家服部擔風時相唱和。達夫自言深於杜牧，「嬉春我學揚州杜」「都是傷心小杜詩」。其實，未經世事滄桑，難有杜的感慨。但早熟早慧，青春情懷特別敏感。其中有三首寫十三歲時少年之煩惱，可視為郁達夫之情場晨曲：「左家嬌女字蓮仙，費我閒情賦百篇。三月富春城下路，楊花如雪雪如煙。」「一失足成千古恨，昔人詩句意何深。廣平自賦梅花後，碧海青天夜夜心。」「二女明妝不可求，紅兒體態也風流。杏花又逐東風嫁，添我情懷萬斛愁。」這組詩的情調近《己亥雜詩》，他是有意學襲的。

郁達夫寫景清麗，有楊萬里之風。如《山居首夏》：「四山漲翠晝初長，五月田家麥飯香。一事詩人描不得，綠蓑煙雨摘新秧。」

郁達夫最著名的作品是《毀家詩紀》。這組詩共二十首。其中七絕七首、七律十二首、詞一闋，記述了一段時間內國破家亡流徙不定的生活。主要內容包括國事、家事兩個方面。其時，郁已參加郭沫若領導的軍戰政治部的工作。寫國事則慷慨激昂，同仇敵愾。他曾到前線勞軍，並留下台兒莊戰役的剪影：「水井溝頭血戰酣，台兒莊外夕陽曇。平原立馬凝目處，忽報奇師捷邳郯。」寫家事則離離合合、纏綿悱惻、憤激哀怨、愁緒萬端。《毀家詩紀》並不全繫於家。詩多言情事而自頭到尾以註文附於詩，指名道姓，多涉隱私。此組詩亦多用典，沈園與朱買臣的故事反覆出現。茲錄七、八、十二如下：

其七：「清溪曾載紫雲回，照影驚鴻水一隈。州似琵琶人別抱，地猶稽郡我重來。傷心王謝堂前燕，低首新亭泣後杯。省識三郎腸斷意，馬嵬風雨葬花魁。」

其八：「鳳去臺空夜漸長，挑燈時展嫁衣裳。愁教曉日穿金縷，故繡重幃護玉堂。碧落有星爛昴宿，殘宵無夢到橫塘。武昌舊是傷心地，望阻侯門更斷腸。」

其十二：「貧賤原知是禍胎，蘇秦初不慕顏回。九州鑄鐵終成錯，一飯論交竟自媒。水覆金盤收半勺，香殘心篆看全灰。明年陌上開花日，愁聽人歌緩緩來。」

這些詩意深韻長，論者以為近乎黃仲則。其本事註，郁達夫的好友陸丹林說「復有不盡事實的地方」，未可視為實錄。王映霞後來也隨郁達夫到南洋，直到這組詩發表才離去。情場恩怨，本屬尋常。耐人咀嚼者，名人韻事也。

郁達夫一九三九年流寓南洋。先到星馬後赴印尼。這個時期的作品，詩筆老成。論者以為有近於老杜者，代表作是《亂離雜詩》。也錄三首：

其三：「夜雨江村草木欣，端居無事又思君。似聞島上烽煙急，祇恐城門玉石焚。誓記釵環當日語，香餘繡被隔年薰。蓬山咫尺南溟路，哀樂都因一水分。」其五：「謠諑紛紜語迭新，南荒末劫事疑真。從知灞上終兒戲，坐使咸陽失要津。月正圓時傷破鏡，雨霖鈴夜憶歸秦。兼旬別似三秋隔，頻擲金錢卜遠人。」其七：「卻喜長空播玉音，靈犀一點此傳心。鳳凰浪跡成凡鳥，精衛臨淵是怨禽。滿地月明思故國，窮途裘敝感黃金。茫茫大難愁來日，剩把微情付苦吟。」

達夫的詩都是有故事的，此組詩的女主角是來自上海時任聯軍廣播員的李筱英。

「曾因酒醉鞭名馬，生怕情多累美人。」這是郁達夫名句，見於《釣臺題壁》，狂放之態可見。然達夫於美人固然多情，於故國社稷更加情深。在抗戰最艱難的時刻，在南洋荒僻之地，他以文天祥自勵，高吟「會當立馬扶桑頂，掃穴犁庭再誓師」，終於獻出寶貴的生命。

【42】詠啓功

陳文岩

讀來容易作之難，白話連篇嘻笑間，
外語入詩猶可解，唯憐弦斷續難彈[1]。

1 啓功不續弦。

讀書寫心之難以詩達
偏嗜更有我語入詩精乎解
唯憐綺語鐘聲禪

辛丑 陳忠康書 詩 啟功

啓功有一首很著名的詩——作於一九七七年的《自撰墓誌銘》：「中學生，副教授。博不精，專不透。名雖揚，實不夠。高不成，低不就。癱趨左，派曾右。面微圓，皮欠厚。妻已亡，並無後。喪猶新，病照舊。六十六，非不壽。八寶山，漸相湊。計生平，謚曰陋。身與名，一齊臭。」

大白話，大實話。語似輕鬆詼諧，心實沉痛至極。倘以為此乃啓功詩之風格，則大謬。這只是別格。

大抵來說，啓功詩，言私事，則趨俗；言藝事則大雅，都臻極致。言私事如描述頭暈症諸什。「夜夢初回，地轉天旋，兩眼難睜。忽翻腸攪肚，連嘔帶瀉；頭沉向下，腳軟飄空。耳裏蟬嘶，漸如牛吼，最後懸錘撞大鐘。真要命，似這般滋味，不易形容。」口語入詩，精於描繪。

啓功夫婦情篤，「江河血淚風霜骨，貧賤夫妻患難心。」其愛妻、惜妻、憶妻均從肺腑間流出，真摯動人。一九七一年至七五年，啟夫人病重期間，他有《痛心篇》二十首。且錄幾句：

「我飯美且精，你衣縫又補。我剩錢買書，你甘心吃苦。今日你先死，此事壞亦好。免得我死時，把你急壞了！」

啓功不續弦，亦早有主意：「君今撒手一身輕，剩我拖泥帶水行。不管靈魂有無有，此心終不負雙星。」此詩可作盟誓看。

啓功還有《鷓鴣天》八首，《乘公共汽車》寫盡交通未改革前之擠迫飛站、乘客之憤怒與無奈。親歷者現在來讀無不苦笑。

黃公度倡言「我手寫我口」，啓功可能是近百年來最徹底的實踐者。這是一個方面。

另一方面是大雅。

啓功受過嚴格的傳統文化教育。讀其少年時社課詠秋柳、詠牡丹七律可知。他又精研聲律，著有《詩文聲律論稿》。其詩詞，凡出韻者，一字兩音者均有標註。觀其出語平易，殊不知聲依永，律和聲，無不精嚴。聲韻之外，啓功於古典詩詞亦深具卓識。其詠曹操：「鼎分一足亦堂堂，驥老心雄未是殤。橫槊任憑留壯語，善言究竟在分香。」詠李白云：「千載詩人首謫仙，來從白帝彩雲邊。江河水挾泥沙下，太白遺章讀莫全。」詠韓愈云：「語自盤空非學仙，甘回澀後徹中邊。三唐此席誰祧得，詩到昌黎格始全。」又《論詞絕句二十首》詠東坡：「潮來萬里有情風，浩瀚通明是長公。無數新聲傳妙緒，不徒鐵板大江東。」詠姜白石：「詞仙吹笛放船行，都是敲金戛玉聲。兩宋名家誰道著，春風十里麥青青。」筆鋒到處，皆中肯綮。

如此，則知啓功學養深厚，典重淵懿。吾愛其題畫詩，如《題傅抱石出峽圖卷》：「巫峽千山暗，江帆一片孤。班班出蜀跡，歷歷印無殊。雲卷巒皴曲，風飄葉點疏。元章矜刷字，書畫本同塗。」

又題畫梅云：「孤山冷澹好生涯，後實先開是此花，香遍竹籬天下暖，不辭風雪壓枝斜。」

而在大雅大俗之間的是真。其《東坡像贊》曰：

「香山不辭世故，青蓮肯溷江湖，天仙地仙太俗，真人唯我髯蘇。」

不妨視為啓功夫子自道。

跋

秦嶺雪

《夜半無人詩語時》出版，分贈全國各地書家，頗有感興味者，遂約陳文岩先生再論古典詩詞。凡三月，得七萬言。於兩人姓名中各取一字，曰：岩雪詩話。

初，微信陳先生。三數日間先生即傳示七絕四十二章，分詠魏晉迄現代著名詩家。似取之架上，蓋平日厚積於胸也。

先生童蒙學詩，後留學英倫，成為名醫。然不廢吟詠，積有詩詞兩千餘首。而成詩常在頃刻之間，號稱神速。其論詩，格律之外重感興，重內涵，重親歷，重情致，尤重精神境界，主張「我手寫我口」，反對生僻、使事、陳陳相因。此數點皆於論詩絕句見之。雖非史論而自有標竿，放言無忌復常中肯綮。個性感悟，大有補於賞鑑，可謂別開生面云耳。

予之對談，大抵以先生所詠為中心稍加引申，誠如符節相契而有餘響逸出。間有參差，行文中自見。此非華山論劍，清茶一盞，或釅或淡，而會心在茶香之外。

少習文，老再作童生，重學中國詩史。溫故而知新，抗疫中之大樂也。古典詩詞浩如煙海，前人高論，汗牛充棟。本篇於古今著名學者竅論中多所摘取，除引文標出外，亦多有撮述其意者。限於體例，未能一一註明，敬祈諒察。

小女李淳亦業中文，於詩詞饒有興趣，勤為本篇打字。期間於字詞時有切磋，得同學之樂。書成，復蒙孫立川博士、黃暉先生審閱，多所匡正，謹此言謝。

二〇二一年立夏

書　　名　岩雪詩話　**也若語絮因風起**
作　　者　陳文岩、秦嶺雪
責任編輯　陳幹持
美術編輯　楊曉林
出　　版　天地圖書有限公司
香港黃竹坑道46號
新興工業大廈11樓（總寫字樓）
電話：2528 3671　傳真：2865 2609
香港灣仔莊士敦道30號地庫（門市部）
電話：2865 0708　傳真：2861 1541
印　　刷　亨泰印刷有限公司
柴灣利眾街德景工業大廈10字樓
電話：2896 3687　傳真：2558 1902
發　　行　香港聯合書刊物流有限公司
香港新界荃灣德士古道220-248號荃灣工業中心16樓
電話：2150 2100　傳真：2407 3062
出版日期　2022年1月／初版

（版權所有・翻印必究）
©COSMOS BOOKS LTD. 2022
ISBN ：978-988-8550-12-8